二十三点的深夜咖啡店

〔日〕古内一绘 著
丁砾磊 译

マカン・マラン
MAKAN MALAM

中国友谊出版公司

目录 CONTENTS

BEGGING

CAFE

Chapter 1

春天的砂锅煮

被簇拥着挤出末班电车走下站台的时候，雨势变得愈加猛烈。本想着樱花终于开了，可还没抽出时间好好观赏，就起了狂风暴雨。连续几个晚上都冷得让人想裹上羽绒服，就好像又回到了冬季。

“糟透了……”城之崎塔子嘴里又嘟囔起了这已经不知是今天第几遍的牢骚。

走出检票口，狂乱的雨点吹打着脸，光是不让雨伞被大风吹走就得拼尽全力。

真是，糟糕透顶。

不管是天气，还是公司，情况都不怎么好。尽管如此，自己跟前的工作还是堆积如山，这已经是她第四天被硬塞进末班车了。

突然，塔子感觉脊背凉飕飕的。她停下脚步，一瞬间，眼前忽地一暗，全身的血液像打着漩涡的潮水一样退去。

糟糕！是贫血。

塔子竭尽全力睁大双眼，想赶紧把意识的闸门关上。

总之，得先试着迈出双脚。

可越是这么想，身体的重心就越发不稳，步子也开始踉跄起来，塔子最终还是弯下腰，蹲在已积有水洼的柏油马路上。她感觉脑袋昏沉沉的，连眼睛都没法好好睁开。

也许自己被别人当成了醉醺醺的酒鬼，不管是谁，都只当没看见似的从她旁边走过。

“你怎么了？”从头顶上传来一个稍显沙哑的声音，吹打在身上的雨点也突然间停了。

自己的雨伞早就滚落在地，被风吹走了，应该是有人撑伞替自己挡了雨。塔子抬头看过去，首先进入视线的是一双高跟鞋和一条长裙的裙角。从鞋子的尺寸来判断，大概是位身材高挑的女性。

塔子努力地撑起脑袋向上看，可与之相反地，意识一落千丈般向下沉沉坠去。

“是贫血啊。好吧，你就到我那边稍微休息一会儿吧。”被“粗壮”的手臂突然拉起，塔子吃惊地哆嗦了一下。

“没事的，你放心吧。”被那充满安全感的女性手臂抱在怀里，塔子紧绷的心弦也随之放松，原本全身勉强硬撑着的意志也一下子松懈下来。

"喂，你打算怎么办？"

塔子稍微扭动了下身子，想把回响在脑海中的声音挥散。

平时明明就没有什么交流，就不要在这种时候，一个劲儿贴过来搭话了。现在，我就想睡觉。

"我说，你到底打算怎么办啊？好歹你也是名单里的人呀。"

对着坚持不理睬到底的塔子，同期进公司却从来没在同一个部门工作过的同事喋喋不休。

"说起来，城之崎，以前你和人事部的村田女士在同一个部门工作过吧？"

村田？是指村田美知惠吗？

"我说，你能在村田女士面前稍微介绍介绍我吗？"

塔子刚想回头对他说少在那儿开玩笑，突然像从某处"哐当"一声掉下来一样，瞬间恢复了意识。

塔子回过神来，用手按着太阳穴，发现自己躺在一个感觉很贴肤的单人沙发上，身上还盖了一条薄毯子。

这里是……

她倚着沙发的靠背直起身，映入眼帘的是一根蜡烛所发出的摇曳烛光。巴厘岛宫廷音乐Gamelan Degung[①]的曲子静静流淌着，小小的黄铜青蛙摆设，把插着香的小碟子高举在头顶。

"哎呀，你醒啦？"失去意识前听到的沙哑嗓音直击耳膜。

想起来了。

① 译为甘美兰，是印度尼西亚共和国历史最悠久的一种音乐形式。

自己出了站台后没多久，突然贫血发作，有位好心的女士帮助了她。

塔子将视线转向声音的源头，瞬间茫然了。

一时间，她还以为自己看到了一张化装舞会的假面具幽幽地浮在昏暗的柜台深处。

脸被涂得惨白，眼线就好像是用蜡笔画上去的，每次眨眼，假睫毛就好似会发出声音，那张光润鲜红的嘴唇让人不得不联想到达利的红唇沙发[①]。

还有那顶飘动着的亮粉色波波头假发，怎么看都活脱脱像是把这些东西杂乱地拼裱在一起的画框。

塔子惊得目瞪口呆，“假面人”缓缓地从柜台深处露出修长的身材。

“一直到刚才，雷声都好厉害，真的是春雷滚滚呢。”

长裙的裙角飘逸着，脚踩在木地板上发出“嘎吱嘎吱”的声音，她的个子非常高，粉红色的头顶感觉都快碰到房梁了。

等那人来到塔子身旁，她才终于意识到，这个人，不是女的——而是男扮女装。

“感觉好点了吗？”

脖子上围了丝巾，穿着装饰有好多花边的酒红色长裙，那身姿就仿若是从童话世界里走出来的。

“这是不含咖啡因的姜汁茶，喝点暖暖身子吧。”

① 萨尔瓦多·达利以当时风靡一时的好莱坞性感女星梅·维斯特为原型创作的红唇沙发。

这个身材高大的“女装男子”把带盖的马克杯递给惊讶得不知该说些什么的塔子。

仔细看他的脸后才发现，浓妆艳抹下还是能窥见那即使想隐藏也没法完全隐藏的——中年男人的粗糙感。

在层层白粉的遮盖下仍能隐约看到淡淡的胡楂儿，让人不得不感慨即便是化装舞会上的“华丽假面”终究也还是现实中的普通人。

“难道，你是第一次见到‘异装皇后’？”被塔子目不转睛地盯着看，“女装男子”微微轻笑出声。

异装皇后?

当然，关于那些人的存在她并不是没有听说过。

可对于塔子来说，那些人平常都只存在于像是电视、电影和综艺节目等媒体中。至少，她从来没有想过，一个戴着粉色波波头假发、化着浓妆的大男人会出现在与自己日常生活相接轨的地方。

“怎么了？我可没有放什么毒哦。”

塔子终于回过神来，打开马克杯杯盖，一股轻盈的香甜气息扑鼻而来。

她战战兢兢地把嘴凑近马克杯的杯口。

抿了一口后，温热的茶水顿时浸暖全身。除了最开始美味的口感之外，还可以寻到生姜的辛辣风味，以及肉桂那若隐若现的自然芬芳。

“看来，这杯茶非常合你的胃口呢。”

始终在一旁看着塔子反应的“异装皇后”，露出了满足的笑容。

“我还有事情要去忙，你就在这里好好休息一下吧。”说完，

“异装皇后”撩起裙角，向柜台深处走去。

塔子留在那里，手捧着马克杯取暖，呆呆地愣了好久。

藤制的椅子、古风式样的竹制桌子、鸟笼形状的灯罩……

回过头来再好好打量的话，这间屋子装修得还真有亚洲那些隐居度假村酒店的风格。

在如此隐秘的地方，陶醉在Gamelan Degung那如同典雅摇篮曲般的音乐里，突然有种白天的情景全都形如虚幻的错觉。

“我说，你到底打算怎么办啊？好歹你也是名单里的人呀。”

可是，白天和同期进公司的同事之间那段令人记忆犹新的对话，突然鲜明地浮现在塔子脑中，一下子让她愕然失色。

今天，塔子工作了二十年的大型广告代理公司发布了征集自愿离职员工的通知。

大家都知道“迟早会来”的这件事情，虽然传闻已久，可真的被公开后，公司内的人心动荡比预想的还要厉害。

征集对象为四十岁以上、进公司十年以上的骨干员工。塔子也在征集对象之内。

“这绝对是对元老级员工的一场大屠杀。”同期同事发着牢骚。

塔子工作的这家公司，原本人员流动性就很大。

一边是在工资条件相对来说比较优厚的时期进入公司的元老级员工，一边是条件每况愈下却还是被吹得天花乱坠的待遇给忽悠进公司的中途加入的员工，他们之间所存在的待遇差，可以说是一直以来大家在背后谈论的一大“问题事件”。

“也就是说，管理层决定把这个分歧按他们自己写的剧本来进行矫正是吧？什么提早优惠离职啊，说得倒好听，不就是变相裁员吗？不管公司把退职金给我乘以多少倍，往后让我怎么养家糊口啊？”

回想起同期同事的抱怨，塔子的心里也是五味杂陈。

而且居然还拜托她去跟村田美知惠交涉……

这使她越发深切地感受到，男性员工对女性员工的认识似乎真的只停留在表面。

说不定这个同期同事，很可能到现在还自以为是地认为，在塔子心目中，美知惠是个“好前辈”呢。

塔子努力清除掉脑中的杂念，尽量让自己什么都不去想。

现在还有必须要完成的工作。除此之外，就算想破脑袋也无济于事。

当“异装皇后”再次从柜台深处走出来时，塔子从沙发上站起来，朝他深深地鞠了个躬。

“非常抱歉，给您添麻烦了，真的非常感谢您。”

“没事啦，有困难的时候大家互相帮忙是应该的。你就算想在这里休息一晚，也完全没问题。”

“不用了，我家就在这儿附近。”

塔子郑重诚恳地谢过“异装皇后”给予的无微不至的关怀，然后就此告别了。

拿上自己被风吹跑后似乎被“异装皇后”捡回来的雨伞，她走出玄关。刚刚雨还下得那么滂沱，现如今已停歇，云团围绕在皎洁的下弦月四周，以迅猛的速度穿驰而过。

塔子回过头才发现，这座独户房还有个小巧的院子，就跟古时的民宅一样。

在院子正中心，能看到山茱萸上星星点点的白色花簇。树下丛生的杂草里，凤尾草和姑婆芋生长繁茂，使人感觉宛如置身南国庭院里一样。树荫丛中，毫不讲究地随便放着一块钢制的小看板。

看板上面能看到写着“MAKAN MALAM”。

塔子去过几次巴厘岛，所以知道那是印度尼西亚语。

“MAKAN”的意思是吃饭，“MALAM”指的是晚上，合起来也就是“夜宵”的意思。

塔子盯着发光的钢制看板看了好一会儿。它的意思是指目前还在经营，还是说只是昔日营业后留下的纪念品?

不管是哪一种，在商业街的小巷深处居然会有这样的地方，迄今为止她真的是从来都没注意过啊。这种感觉就像一时间误闯进奇妙的世界里，梦醒后又重新回到现实生活中。

塔子回头再看了一眼山茱萸，然后一边留心脚下的水洼，一边朝大马路走去。

第二天，公司内的气氛依旧非常糟糕。

员工餐厅内，那些在提早离职征集对象范围内的员工围在一起，低声讨论着什么。

“跟在谁的手下的话，就能留在那个位置上，就是必须在谁跟前表现一下。”

各式各样的谣言和猜测四起，其中更有甚者直接露骨地蔑视同事，还有想巴结投靠人事部的人。

餐厅已然成为滋生谣言的巢穴，这使塔子也不想贸然地靠近那里，只好去茶水间给自己泡了杯咖啡。她站在窗边，眺望着下面浜离宫的恩赐庭园。盛开的樱花在寒冷的空气中就像被冰冻住了。

塔子工作的这家广告代理公司从汐留建立总部以来已经十个年头了，而就在十年前，塔子被提拔为企划小组的主管。

之后，直属上司换了一个又一个，属下也基本上都是合同员工和派遣员工的轮番交替，只有她一个人在现场主任的位置上坚持到了现在。

说得好听点是叫经历了磨炼才有站稳脚跟的今天，说得难听点也就是十年如一日的“万年系长”。

不过，在平时毫无晋升机会的现状下，居然会再来一招“提早离职”的大绝杀，说实话，连塔子自己都没想到事情会发展成这样。

“城之崎——”

Gr长[①]指原在皮革椅——俗称“G长椅”上向后一仰，叫住了正准备回座位的塔子。

“这一期的预算真的没什么问题吧？”

指原把第一季度的预算表扔到站在办公桌旁的塔子跟前。

“你看看，居然比上一期还要多。”

虽说这男人是从银行业转行到这里来的，但他真的连数字都看不懂。

不过，也有传闻说指原因为在银行业实在混不下去，所以在这家

① 日企里的一个管理职务，一般比部门长低一级，类似于部门副经理级别。

公司做常务的伯父才不得已收留了他。

这个开后门进来的上司长着一张狐狸脸，比塔子还要矮个十多厘米，重个十多公斤，可实际上，比塔子还小两岁，看上去比实际年龄老了五岁。

“没有问题。”

“还有啊，现在在做的杂志企划，能顺利解决吗？”

“应该没问题，都在进行中。”塔子面无表情地回答道。

“拜托了，往后会怎么样现在还不清楚，但目前现有的项目还是得好好解决才行啊。”指原环视了办公室一圈，悄声说道。

“另外，刚刚着手的企划，包括今后的计划在内，你也都好好安排下。这方面，我是信得过你的，毕竟你可是专业级别的嘛。”

说完指原站起身，把最近他单独来往交易、准备从零开始培养的代理店的名字写在了白板上，看来是打算去那里晃一圈后就直接回家吧。

自从两年前来到这个部门，指原就独占了营业额相对比较容易提升的电视和网络媒体两大块，把进展最慢的纸质媒体丢给了塔子。

杂志本身的销售额持续低迷，已经好久都接不到广告订单了。一些竞争对手的代理店全都在反复搞倾销，塔子也被这严酷的价格战弄得焦头烂额。

可尽管如此，也并不是完全没有出路。塔子至今坚信着，只要把企划做好，最后能够给人留下深刻印象的，肯定还是印刷在纸张上的广告。

目前，塔子正在进行中的企划是以某化妆品厂商为赞助商，与女性杂志联手的合作广告。参考其他各杂志，邀请迎合读者群的女演员和模特来做封面，精心准备文章来进行广告推广。虽然已经连续好几天全神贯注埋头在校对工作里，但从赞助商和媒体的反应来看，效果还是不错的。

余光看到收拾完行装走出办公室的指原，塔子回到自己的办公桌前，对着电脑坐下。一边打开未读邮件浏览，一边回想起指原临走时丢下的那句略带讽刺的话。

“毕竟你可是专业级别的嘛——”

这算是上司对属下讲的话吗？愤怒转化成力量积蓄在敲击键盘的指尖上。

同时这句话也让她认识到，原来自己对于指原来说毫无威胁可言，都能让他如此出言不逊。

转职过来第二年的指原并没有在这次提早离职的名单里。就算他在里面，有担任常务的伯父在，他也绝对不会像一般员工那样，面对公司单方面的公告就寝食难安。

塔子其实早就知道指原在背后取笑自己为“冰之女”，还拿她四十岁仍旧是单身为反面教材，吓唬那些年轻的女员工，说“发展到她那样子就彻底完蛋了”。

把邮件按优先等级重新排列完，塔子深吸一口气后，关上了网页界面。

想着要把上面记录的客户的联系方式给调出来，就在包里翻找手机，可一下子让她慌了神。

平时一直放手机的外口袋内侧，塔子摸了一圈没有任何金属物体的触感，她紧张地赶忙探头往口袋里仔细确认。

话说回来——

昨天晚上，在“异装皇后”那里休息的时候，她依稀记得包被雨淋得湿透，因为在意里面的手机，就把它从包里拿出来了。

本来还以为自己又重新把它放回包里了，难道说是忘得一干二净，就那样落在桌子上了？最关键的地方记忆却模糊不清，可也想不出其他的可能性。

她立马连上网络，开始试着用当地的站名和饭店名来查找。

搜索出来好几家店，就是没有与那家店的地址和外观相近的。用“MAKAN MALAM”这个关键字也试过，可结果仍旧一样。

都这个年代了，网上搜索居然一点儿情报都查不到。

看来，那里应该不是饭店，也许只是私人民宅吧。

今晚，有个不管怎样都抽不开身的面谈会，之后还安排了聚餐。总而言之，只能明天一大早再去拜访一次那家古民宅了。

就算万一没有落在“异装皇后”那里，反正也设置了严格的安全防盗措施，应该不用担心个人情报会被盗走。

塔子深吸一口气让自己平静下来后，切换屏幕画面，开始集中注意力努力看新收到的邮件。

第二天早上，塔子请了半天假，去往站前的商业街。

路上经过的小公园和幼儿园彼此相邻，到开园的时候，总能看到送孩子过来的妈妈们聚在一起的身影。对那些把自行车停在一旁站着聊得兴高采烈的同龄女性，塔子视若无睹，一个人朝商业街的角落走去。

小路窄得两个人都没法同时通过，如果是第一次来的话，大概会犹豫着要不要进去吧。走在空调室外机和塑料桶星罗棋布的小路上，塔子感觉自己成了一只不断向深处探险的野猫。

在能看到山茱萸的地方，塔子停下了脚步。

眼前的景象和前些天晚上看到的宛如南国庭院的宁静景象可以说完全不同。

密密麻麻镶满亮片的迷你裙，鲜红的真丝长裙，估计超过二十厘米、高得跟高跷差不多的高跟鞋……

从院子到玄关，花里胡哨的衣服和鞋子感觉已经堆得再也放不下其他的东西了。

这里虽然确实是家店，但看上去并不是饭店。

舞蹈服装专门店　查尔

今天，这块手写看板被好好地挂在了山茱萸的枝杈上。

塔子茫然地盯着看板看了好久，不一会儿好像有人从屋里出来，玄关的门被打开，一时间音量巨大的室内音乐“倾涌而出”。

“真是帮了大忙了，这样一来，这次的演出肯定会非常成功呢！”“你穿上这身衣服，简直就跟Yuming[①]一样。”“哎呀！真的？”

① 松任谷由实，日本著名音乐人。

带着愉快兴奋的情绪、吵吵嚷嚷地从店里走出来的是一群戴着或大红或耀金的五颜六色各式各样假发的“女装男人”。

每次说话时伴随着那浮夸的肢体动作就能闻到一股浓烈的香水味。虽然穿着打扮相同，但不管是声音还是说话的语气都和塔子昨天晚上见到的“异装皇后”不同。

“哎呀呀，欢迎光临。”

注意到傻站在一旁的塔子，他们当中看上去最年轻的、顶着鲜红色长款假发的女装男人向她打了声招呼。

“请……请问……”

话说到一半，塔子被吓得停下了。极其粗犷的眼线，一双双大大小小的眼睛在羽毛一般的假睫毛的装饰下齐刷刷地看向自己。

塔子又往店里面看了一眼，却瞧不见昨天那举止优雅的“异装皇后”的身影。

“那个，呃……”

见塔子愣在那儿没有任何反应，那位年轻的女装男人突然脸色大变。

“你该不会是房地产公司新来的人吧？”

“欸——”“异装癖军团”里一下子悲鸣四起。

“肯定没错！居然还穿一身时髦的长裤套装。”“简直难以置信。姐姐不都说过很多次了嘛，这里不卖。”“你们真是太烦人了！”……

他们光嘴上你一言我一语还不算，还从自己包里拿出纸巾或是发票揉成团，扔向塔子。

“你……你们误会了。”

就算再怎么反驳也来不及了，那些“异装皇后”已经完全听不进任何解释，只顾嘴里一个劲儿地念叨着“消失、消失、恶灵、赶紧消失”，用力把塔子推出小路外。

就算把名片给他们看，解释给他们听，他们也根本不当一回事。

没办法，塔子最后只能把名片丢进带来的见面礼纸袋内，再把礼物硬塞给冲在最前面的朝自己威吓的年轻女装男人，逃也似的离开了那个地方。

来到公司的塔子坐在电脑前陷入了沉思。

真的没想到，晚上看上去像餐馆的那家店竟然是间服装店。而且，没想到竟然还是“异装癖”御用店。

一想到今天还要再饱尝手机不在身边的烦躁不安，她的心情就很郁闷。自己刚进公司那会儿，别说手机了，连电脑和邮箱几乎都还没普及，看来IT通信便捷的另一方面确实隐藏着无法倒退的依存性。

总之，她想得先去办一下中断服务的手续，正当刚连上通信公司的主页网址的时候，自己的座机响了。

“你好，我是城之崎。”

“喂，你是不是那个贫血的小姐？”

电话那头传来耳熟的低沉嗓音，塔子屏住了呼吸。

“我，把手机——”

“没事的，我替你好好保管着呢。”

慌忙之间，话还没说完，就被对方笑着打断了。

塔子透过蕾丝窗帘，眺望着隐隐约约能看见的山茱萸，突然间，心中涌起一种奇妙的、令人无比怀念的感觉。

已经有多少年没有像这样一边和厨房里的人聊天，一边等料理上桌了呢？对自己来说，这种时期早已一去不复返，也许正是这份丧失感，总会使得一抹寂寥萦绕在怀念之情的周围。

“让你久等了。”

耳边传来羊毛拖鞋发出的声音，“异装皇后”端着料理走了出来。

他把一人份大小的陶制汤锅放在桌上摆好的锅垫上。

“这是春季时蔬砂锅煮。很烫，不要用手去碰锅啊。”

这道料理看上去既像是用烤箱烤的芝士焗菜，又像是炖锅。

煮透的表面发出“咕嘟咕嘟”的声音，烤得恰到好处的芝士编织出一张金黄色的网。

“砂锅煮其实是一种北美的家庭料理，原本应该是要用壁炉来烤的。今天晚上挺冷的，正适合暖暖胃。”

用勺子挖开烤焦的芝士后，能看到下面烤得软乎乎的卷心菜、洋葱和土豆。

她舀起一勺子放进嘴里。

刚放进去，唾液腺就受到刺激，耳朵下面感到一阵酸痛。

春季时蔬温和的甜味在嘴里扩散开来，塔子情不自禁地陶醉起来。盖在上面的应该是马苏里拉芝士，口感清爽，咸味也很淡，不光如此，柔软筋道的口感还能让人品尝到一抹浓醇。

不能喝酒的塔子在过了饭点后，经常不吃晚餐。

深夜开着的，大多都是居酒屋或拉面店，像这些店里也没有什么菜能让胃肠不大好的塔子点。

有一次，她在二十四小时营业的家庭餐馆里吃过意大利面，但可能是用的油不大适合自己，刚吃完就感觉不舒服，全部吐了出来。这样的话，不吃会好受一些，所以后来她都只喝点儿浓缩蔬菜汁就去睡觉了。

不过，塔子惊喜地发现，如果是像这种味道温和的料理，自己不管有多疲惫也绝对能欣然接受呢。

“每天晚上都不吃饭工作到这么晚，你的胃肯定已经很虚弱了。”

“异装皇后”在完全沉迷于进食的塔子的邻桌坐下，支起手臂，投来担心的视线。

“不过啊，这个季节的卷心菜有很多可以调理胃和十二指肠的成分哦。汤的勾芡用了葛粉，葛粉可是有能让疲劳的胃部血管重返年轻的效果哦。”

看来他还懂得一些料理以外的知识。

“请问和卷心菜煮在一起的这一粒一粒的东西是什么？”

“那个啊，是荞麦米和稗子。煮得好的荞麦米可以中和身体里的阴气，平衡体质。”

“那用什么调味呢？”

“基本上都只是用高汤和胡椒盐，因为我们这里主要是做深夜料理，为了不给第二天的身体造成负担，都尽量不用动物性的食材。有时候会用鱼来熬高汤，今天的汤底是用海带和香草熬制的。剩下的就是放些大蒜、芹菜等带香味的菜，味道自然而然就会出来了。”

“材料只有蔬菜，味道居然会如此浓郁。”

“这是谷氨酸的功劳呢，可不要小看蔬菜的美味哦。”

“还有，现在放的是什么曲子？”

“哎哟，关于料理的问题问完了吗？”

脸上带着无法完全隐藏的青色胡楂儿，“异装皇后”轻轻一笑，告诉塔子这是德彪西的《阿拉贝斯克第一号华丽曲》。

“在德彪西的曲子里，它和《月光》《亚麻色头发的少女》都算是热门金曲了。原版虽然是钢琴曲，但我个人比较喜欢这首长笛和竖琴合奏的版本。阿拉贝斯克指的是一种当时在巴黎很流行的蔓藤花纹……”

抛开工作，和初次见面的人居然能聊得如此畅快，这对于塔子来说实在是很难得。

虽然多年的公司职员生活多少也锻炼了一些交流能力，可是一直以来塔子并不很擅长人际关系。还是学生的时候，每次换班级，她都要为重新找一起吃午餐的同班同学而烦恼。

缓缓流淌的德彪西音乐、美味的夜宵和身穿晚礼服宛如化装舞会的假面人一般健谈的博学家……

真想就这样一直沉醉在奇妙氛围中，但是突然被打破了。

“哎呀！冻死我了！”

玄关的门被粗暴地打开，粗厚的嗓音响彻屋内。

“明明都四月了，这么冷是怎么回事啊？这天是要反了吗？啊！这味道真香啊。‘大姐’，今天的夜宵是什么啊？”

这个人一边大声嚷嚷着，一边从走廊那边“咚咚咚”地走过来。

在门口现身的瞬间，戴着鲜红长款假发的年轻异装癖，用挑剔的眼光看着坐在沙发上的塔子，然后用手指着她，“啊”地叫出声。

“你是昨天那个房地产公司的人！非但不吸取教训，居然还闯到店里来了！”

他粗鲁地扔掉头上的假发，瞬间，眼前出现了一个平头、面露凶相的男人。

“你这家伙，竟然还有种在这儿吃夜宵啊！”

被态度骤变的异装癖大声叱责，塔子吓了一大跳。

“快住口，嘉达！这位小姐并不是房地产公司的人。”“异装皇后”当即对他喝道。

那个被叫作嘉达的平头男顿时闷声不响了。

“真对不起啊。”“异装皇后”回过身子，对着完全不知所措的塔子说道，“嘉达是我的干‘妹妹’，以前做过一段时间不良职业，有时候会管不住自己……”

这个平头男，该不会还是帮忙缝纫那套玛丽·安托瓦内特式礼裙的“针线小妹”吧？

“看什么看啊？！”

见塔子一直盯着自己，男人的火气又上来了。

“你这家伙，心里肯定在想我是不是异装癖吧？开什么玩笑！”

男人唾沫四溅地想要逼近塔子。

“快别这样！”“异装皇后”立马上前将他挡住，“你给我适可而止，这位是我请来的客人。你闹够了的话，赶紧先把手洗干净，一样的料理，你的那份我也做好了。”

见平头男不情愿地走开后，塔子终于长舒了一口气。

“真抱歉啊。那孩子的警惕心稍微有点儿强过头了，相处习惯之后就知道他其实人挺好的。”“异装皇后”弯下身，在塔子耳边轻声说道，“不过啊，那孩子说的也并不是毫无道理。我们可不是异装癖，是品位高尚的‘异装皇后’哦。所以，你以后叫我，也请用‘查尔’这个名字。”

“异装皇后”绽放出妖艳的笑容。

“我每次都会做很多员工餐。以后你只要看到门口挂上灯笼和放着看板的时候，就可以过来光顾一下。”

查尔对着又在发呆的塔子眨了一下眼睛后，踩着优雅的步伐向柜台深处的厨房走去了。

自从那天晚上以后，塔子成为“MAKAN MALAM”的常客之一。

每次加完班走下最近的地铁站，她总是会不经意地看一眼查尔的店是否开着。

那家店有时候开着，有时候又不开，全看查尔的心情。

白天的时装店姑且不论，晚上只做消夜的员工咖啡简餐店的营业日看来毫无规律可循。大门关得严严实实、房子里漆黑一片的情况有，门口灯笼高高挂起、屋子里欢声笑语不绝于耳的情况也会有。

营业的日子里，周围总是充满好闻的味道。

塔子看到门外挂着看板，心里顿时有种安心感，摁下门铃后，查尔总是带着毫不做作的笑容出来迎接：“哎呀，欢迎光临。”

但凡女性一个人在大半夜出去吃饭，多少会吸引周围一些人好奇的目光，而大多数情况下这也会成为某种精神压力。

不过，MAKAN MALAM的熟客也基本上都是一个人过来的。

“针线工”嘉达也好，刚认识的一位温文尔雅的白发老妇人也好，还有虽然彼此连招呼都没有打过，但经常会看到坐在柜台那儿读报纸的中年男子也好，大家都沉浸于自己的世界里。

店内默默放着古典乐或是巴厘岛的Gamelan的曲子，大家都享受着自己的美味夜宵，在晚上这个时间里悠闲地徜徉在各自的精神海洋里。

查尔的员工餐人均只收七百日元的超低价格，所以塔子每次去店里，都尽量会买一些店里的小东西或是带点小点心过去。其他的熟客似乎也都会这么做。

就算加班加到大半夜，只要看到山茱萸的深处有灯笼亮着，塔子的心里顿时就会轻松起来。“这个食材有什么功效，这个季节吃什么对身体比较好。”查尔那些渊博的知识听起来也非常有趣。

吃完消夜，查尔会观察每个人的脸色，根据每个人的不同情况泡制餐后茶。

化装舞会般的华丽假面上露出令人舒心的微笑，他那仔细挑选经过干燥处理的香草和茶叶的身影，看上去就宛如妖美的魔女。

“你有些用脑过度了。”

查尔一直给塔子端来的是据说有软化脑血管功效的薏米和玉米混合在一起的芳香茶。喝一口这种茶，感觉脑子里原本紧绷着的一部分仿佛慢慢得到了缓和，塔子轻呼一口气。

这个时候，连自己还在提早离职征集对象内的事情也被她抛到了九霄云外，反而还想尝试做点儿新的企划——查尔渊博的知识正适合比较关注健康的高龄层媒体的口味。

塔子一边喝着餐后茶，一边开始在手机上搜索会对这个企划感兴趣的赞助商，回过神来后，想到自己刚刚才被查尔叮嘱“不要用脑过度”，只能苦笑一声。

不管在公司里毫无晋升机会的压力感有多大，塔子终究还是喜欢现在这份工作的。

“要是光靠茶和食物就能把病治好的话，那还需要医生干吗？”

不过，总有一位熟客会对查尔的养生知识不屑一顾。

就是那个就算进餐的时候也在柜台那儿、眼睛不离开报纸、戴着一副眼镜、板着一张脸的中年男人。

听嘉达说，这个男的是查尔中学时期的同学，现在是他们母校的教师，而且似乎还是年级组长。

塔子总是不可思议地在一旁偷偷观察着：这个男人摆着闷闷不乐的表情，毫无乐趣地吃着查尔的料理。这个无名指上戴着一枚银色戒指的男人，虽说以前跟查尔是同学，但为什么要到“异装皇后”的店里来吃消夜？真是让人百思不得其解。

可是，包括自己在内，接近二十三点的深夜，只身一人过来吃点儿简餐的人们，或多或少肯定都有自己的故事。

不知不觉，塔子开始有了这样的想法。

第二周，是从每月一次的干部会议开始的。

从靠近浜离宫恩赐庭园的玻璃窗那儿连续不断地传来嘈杂的喧闹声，指原站在白板前面继续着他的报告。

“这一期的预算，电视通信、网络和纸质类产品预计都能够百分之百达成。”

指原向那些董事出示的《营业额报告书》，是塔子昨天晚上整理的。他还特意吩咐塔子要根据不同媒体，把担当责任人的名字列进去。

把重点放在营业额上的话，自然而然单价高的电视通信和网络媒体的比重就会变大，相对地，纸质媒体的比重就会变小，就会让别人觉得，这资料上企划小组营业额的四分之三都是指原担当的部分。

用得着这么幼稚地显摆吗？公司Gr长的职位真的就让他那么无法知足吗？塔子受不了他如此虚情假意，转头望向窗外。

“城之崎主管。”

好不容易熬完持续了一个小时的报告会，刚走出会议室，塔子就被同一小组的森纪实子喊住了。

“主管，你难道一点儿都不在乎吗？他那样太狡猾了。”

走进员工餐厅，纪实子上气不接下气地说个没完没了。

“他那种说法，会让别人觉得你好像什么事都没做一样。”

纪实子突然降低分贝，凑过脸来。

“知道吗，其实指原Gr长才是，他自己才什么事情都没干呢。电视那块儿的营业工作那么轻松，交货也就只是把原材料直接转交过去就行了，而且就连这种事也是让承包的代理店去做的。”

指原把各种各样的工作全都丢给他在培养的代理店，这些事塔子当然心知肚明。

“而我们这些纸质媒体的担当，从企划立案开始到交货为止，全都是自己做的……那个小老头子，在董事跟前摆出一副多亏自己才把这整个小组支撑起来的嘴脸，这怎么想都有问题吧？”

看着一腔愤懑之情无处发泄的纪实子，塔子苦笑着说道：“确实有问题啊。”

“不过，就算是董事，应该也不会不知道媒体的单价吧？那种报告，我感觉连蹩脚的障眼法都算不上。

“而且还不止这些哦。”

纪实子晃动着垂在胸前的栗色长发，眼睛瞪得越来越大。

“听说那个代理店每月会热情地招待指原Gr长一次。”

“欸……”

塔子不禁发出了奇怪的惊叹声。

这事她还真的不知道。

仿佛像是从红标题时尚杂志[①]里走出来的纪实子，妆容和服装搭配都沉稳淑女，有传闻说，她现在和营业促销小组的和气Gr长有婚外情关系。

也许就是因为如此，纪实子对公司内情报的精通程度让人实在想不到她其实还没入公司正式员工编制。

“主管放假回来，也要开始参加个人面谈了吗？”

① 以女大学生和年轻办公女性为主要对象的时尚杂志，例如：*JJ*、*ViVi*、*Ray*、*CanCam*、*Pinky*等。

她再次压低声音问道，塔子吃了一惊，转过头看向比自己还要小一轮的年轻后辈。

“要是不趁现在好好表现一下自己的话，到时候可会吃亏的哦。”

紧锁眉头的表情，乍看上去像是在替塔子担心，但眼神深处却流露着无法隐藏的好奇心。

“要喝点儿什么吗？我请客。”

塔子向纯粹是出于兴趣想试探一些情报的纪实子回以微笑后，避开了视线。

把奶茶递过去时，从纪实子的表情来看，很明显她对塔子冷淡的反应感到很不满足。

那天晚上，塔子在办公桌旁加班时，难得下班之后还留在公司的指原正好回办公室。他看上去像是被董事训斥了一样，脸色不高兴地朝塔子瞥了一眼。

“喂，不要让短期合同员工加太多班。”

女性杂志企划进入了最后关头，最近在晚上八点过后，让几个短期合同员工留下来加班的情况也增多了。

“如果不赶在黄金周之前的话……”

“都说了这不是我的要求，是上头的人这么说的。”

面对反驳他的塔子，指原一副事不关己的态度。

“他们的加班工资要是上去的话，会降低支出回报率，上头都再三强调过了。实在不行的话，就只能把他们全辞了，让转包公司来做这活儿了。”

指原说完自己想说的话后就立马下班回家，目送着他的背影，塔子呼出一口气。

“城之崎主管，真是无欲无求的人呢。”

白天在餐厅，纪实子冲自己说的话回响在耳边。

一时间，塔子感到有些许不愉快。

自己并非没有任何欲望。

只不过是在这二十年间，公司里各种各样的事情看得太多了。

而且，她也不想在那种场合说些接近自己真实想法的东西，那只会成为纪实子和其他部门Gr长的枕边谈资。

总之，不管是对上司还是对下属，塔子都不是那么信任。

自己到底是从什么时候开始变成这种样子的呢？

冰之女。

指原确实找了个无比形象的比喻，塔子心里默默自嘲。

以前的自己并没有如此麻木，也会哭也会笑，就像今天的纪实子一样，好多次还会对某件事感到愤愤不平。

可尽管如此，究竟是从什么时候开始，自己就变得像冰块一样，紧紧地锁上心房了呢？

塔子大学刚毕业进入这家公司的时候，是《男女雇用机会均等法》实施后第九年的春天。同样，也是“女性综合职位”[①]好不容易在社会上站稳脚跟的开始。

① 日本独有的管理职储备职位。最早只有男性才能担当，《男女雇用机会均等法》颁布后，从事综合职位的女性也日渐增多。

泡沫经济虽然早已开始，但是女性的职业种类日趋增多，所以不管在哪里的职场，都会看到一些工作积极性比男性还高涨的女性。

经济崩溃后，支撑起日本经济的不正是这些女性吗？塔子时不时会有类似的想法。那个时候的女同胞，就像和长久以来在经济萧条中身心俱疲的男性成反比一样，对恋爱、工作和娱乐的欲望日益膨胀。

不过最近几年，塔子感到公司乃至整个社会，像自己这样一心只顾工作的未婚女性已经过剩，倒成了一大社会问题了。

尤其是过了四十岁后，这种感觉越发强烈。

塔子所在的公司就算是社会上所说的大企业，但做到相当于部长待遇的Gr长的女性，在非营利部门里也就只有一位。

至于塔子所属的营利部门，到现在为止都还没有先例。

曾经华丽地驰骋于职场、被誉为泡沫世代女性综合职位第一期的前辈们，还有和自己同期进公司的女同事，现在又都身在何方呢？

到头来，这个社会也就是把我们的青春和热情随意剥削而去，降下梯子让我们尽自己所能往上爬，之后的事情却不做任何保障。

“城之崎，平时休息日你一个人都会做些什么啊？”

忽然间，塔子回忆起这个公司唯一当上人事小组Gr长的女员工——村田美知惠。她曾经悠悠然地这么问过自己，记得那是在一个派对上。

光是工作的话，就算不上是人生了嘛。

嗜好美酒的美知惠，旋转着玻璃杯中的红酒，露出优雅从容的微笑。啊，她这是在高傲地藐视自己啊，塔子感觉像是发现了某种新鲜事物。

比自己大两岁的美知惠，在塔子刚进公司的时候曾经和她在营业部一起工作过。

和不管是外表还是行动力都华丽张扬的女性综合职位第一期的前辈们不同，美知惠是个给人低调质朴印象的前辈。

当时，塔子身边有一个叫希和的海归同期生。在希和身上虽然也有海归子女所特有的自视甚高的态度，但塔子对这种表里如一的直率性格抱有好感。

当初美知惠过来接近她们的时候，塔子一度以为那是出于亲切的交好。

因为比她们年长的前辈们全都忙于出差或是外勤任务，连在办公室里坐坐的时间都没有，当然也就没有工夫来搭理新进公司的她们。

就好比刚刚破壳而出的雏鸟会把它第一眼看见的东西认作父母一样，刚入职的塔子和希和同样对美知惠信赖有加。

从某个时候开始，当美知惠把另一个人支开，单独约她们其中一个出去，打算巧妙地把她们拉入自己的阵营时，塔子才慢慢意识到，这个第一眼看上去知书达理、沉着冷静的前辈有些怪异。

原本就不大擅长人际关系的塔子，一开始完全没看懂美知惠的意图，没能做出令她满意的回答。最终，美知惠和希和顺利结成一帮，不知不觉间，就变成了二对一的关系。

打破这一均衡的，是美知惠推荐希和为组长的“女性职员项目企划”严重碰礁这一事件。

事后，推荐希和当代表的美知惠从综合职位被调到行政职位，无论如何也不想离开综合职位的希和实在无法妥协于调动，最后被迫主动离职。

当初塔子还以为责任是她们两个人平摊了，但后来才慢慢认识到，也许是自己想错了。

某个董事一时心血来潮发起的“女性职员项目企划”，原本就是个没什么实质性内容的空头企划。不得不应付现场的工作、忙得焦头烂额的第一期前辈们对这个企划置若罔闻，而此时把新人推荐上台一起参加的，就是当时在综合职位里还一直默默无闻的美知惠。

到现在，塔子还在怀疑，美知惠是否真心在乎过那个企划能不能成功。

美知惠真正想要的，难道不是从旁协助新人成长的“好前辈”的头衔吗？

现在回想起来，在当时的美知惠身上，完全感受不到像综合职位第一期前辈们那样对营业工作所抱有的强烈热情。

在要求比男性员工还要勤奋努力的女性综合职位世界里，与其拖着没有胜算的仗打，还不如转到加班和风险都相对较少的行政业务上，看她的样子也许暗地里打的就是这个算盘。

事实上，在当营业员时没做出过多少大贡献的美知惠，在转到非营利部门后，反而因为自己是有“营业经验的行政职员”的这一优势，给自己创造了非常好的开始。

“一切都是我指导不到位。”美知惠在总结会议上深深低下头道歉的身影，似乎在董事们的眼里留下了非常良好的印象。

而另一方面，强烈希望留在营业部的希和前去找美知惠商量，她却顾左右而言他，最后听说一直回避，彻底把希和拒之门外。

“本来，在营业部根本就没有那个人想要干的事情。”

坚持拒绝调动到业务小组，结果被逼到写下辞职信的希和，在最后一天苦水决堤般倾泻而出：

“彻头彻尾装着理解者的样子，真正跑去找她商量就完全不把你当回事了，亏她还拿我当挡箭牌吸引了全公司的关注度。从来没见过跑路速度这么快的人。”

希和那天悔恨万分的眼神，塔子到现在都记忆犹新。

事到如今，塔子也终于理解到，美知惠是利用希和做“逃生跳板”而已。

不光如此，曾经耀眼一时的前辈们有的在竞争中被淘汰，有的被剥削完就被扔在一旁最后辞职离开。之后，美知惠在上司的介绍下相亲结婚，育有一子，现在已经升到唯一的女性Gr长的位置。

想了这么多，塔子深深地叹了口气。

希和也好，第一期的前辈们也好，为什么就不能再稍微忍耐一下坚持到现在呢？

其他小组也有几位和自己一样的女性主任，但是大家都在比她们年纪还小的男性Gr长手下工作。男女真正算是平等的，也就只到在车间忙忙碌碌打工的领班为止吧。

并且，女性里混得最出色的，就是把别人当挡箭牌、规避风险、巧妙地钻营于职场的、嘴里说着“一味工作，就算不上人生”的村田美知惠。

“城之崎主管。”

背后突然有人叫她，沉浸在回忆里的塔子，肩膀不由得一震。

她回过头看去，小组里最年轻的芳本璃奈，手上拿着纸筒站在那里。

“芳本，你还没有回去啊？”

“是的。设计初稿已经完成，我去拿过来了。”

璃奈把纸筒递过来。“我看看。”塔子也站起身。

两人把初稿平摊在办公桌上。以三十岁时从偶像华丽变身的女演员的笑容为卖点，赞助商的化妆品被巧妙地植入。

璃奈努力收集来的——女演员和同年代普通女性的评论也被排在了显眼的地方。

“挺不错的嘛。”

听塔子低声这么说，璃奈的眼眸都闪亮起来。

看着她的表情，塔子的内心一下子明亮了许多，感到自己还能体会到这份充实感。

“那……我马上展开，去申请承认！”

璃奈开始拨打那位女演员事务所的电话。虽然身材娇小、线条纤细的璃奈总是躲在声音洪亮的纪实子背后，毫不起眼，但丢给她的工作，她总是能毫无怨言地承担下来。

可塔子想到刚刚才被威胁“实在不行的话，就只能把他们全辞了”的话，保险起见还是先让璃奈早点儿下班回家。

塔子一个人留在办公室里，一边着手预定摩托车快递，一边在想需要解决的问题应该是找到充实和疲劳的平衡点。

“连休结束后，就要开始个人面谈了啊。”

回想起纪实子白天说的话，塔子突然停下手上的活儿。

在摸索着充实和疲劳的平衡点的同时，好不容易努力坚持到现在的自己，所找到的结果，难道就是这个吗？

一想到只要繁重的黄金周赶工噩梦[①]结束，接下来又会被人事组的美知惠叫过去面谈，塔子的心里就再次蒙上一抹忧郁。

虽然黄金周已经开始，女性杂志企划的交稿也早已完成，但塔子的节假日却没有其他特别的安排。

无非就是为了消除平日积累的疲劳，饱饱地睡上一觉，认真把房间的角角落落打扫一遍，早晨偶尔到区营游泳馆游几次泳，去图书馆看看书，就像这样过得还算充实。

可是等自己忽然回过神来时却发现，就像用手去触摸还没有完全愈合的伤口一样，脑子里又回忆起提早离职的事情。

如果不接受个人面谈的话，就无法知道今后自己的待遇会怎样。就算现在去考虑，也于事无补。尽管心里是这么想的，但塔子还是会不自觉地去触碰那些只会惹自己不愉快的地方。

每次途经商业街，塔子总会往查尔的店里走去。但查尔似乎出远门了，不管是白天还是晚上，山茱萸前的大门关得严严实实的。

连休过半的一天晚上，塔子在准备一个人的晚餐时，电话响了。

是分居两地的母亲打过来的。

“今年连休你不打算去哪里玩玩吗？”

① 在杂志业界，应为5月中旬出版的期刊，会因黄金周印刷厂放假，必须提前将该期内容赶工制作完成，从而堆积了大量的工作，因此成为每年的噩梦和难关。同理还有“盂兰盆节赶工噩梦”。

张口第一句就被这么问，塔子含糊其词地回道：“反正也没什么精神。”

“那你干吗不回趟老家啊？”

害怕母亲像之前一样来这么一句，塔子只好先发制人，说道：“最近稍微有点儿忙。先不说这个了。妈，你的身体还好吧？”

在母亲进入盘问模式之前，塔子接连不断地抛出各种问题。

健康问题呀、父亲怎么样啦、住在老家附近年迈的祖母的情况呀……

母亲的话匣子也顺势打开了：“对了，你爸他啊……”一般只要让她把牢骚吐个痛快，大多数情况下母亲都会心满意足地挂上电话。

塔子的老家，在房总半岛尖端的一个小港镇。

每当说老家在千叶后，别人都会附和说“离得挺近的呢”，但和大型商区云集的船桥，或有迪士尼乐园的浦安不同，房总半岛的尖端不光交通不便，而且离东京也很远。再加上镇上又那么小，什么事情都能传得街坊邻里全知道。

留在老家的同学们基本上都已经结婚生子，塔子要是回去，会被说成什么样儿一点儿都不难想象。

表面看上去通情达理，还有耐心倾听母亲的牢骚，塔子内心却觉得自己很狡猾。

母亲真正想抱怨的，应该不是退休后沉迷于玩小钢珠的父亲，也不是越来越难伺候的祖母，而是自十八岁离开家到东京，除正月以外基本上都不回老家的独生女吧。

塔子深切地感受到，自己没能为双亲尽到哪怕一点点的孝心，内心深处很不是滋味。

喜欢孩子的母亲，到底是用什么样的眼神去看自己的同龄人带孙子一起散步的身影呢？光是这么想想，塔子心里就感到很愧疚。

尽管如此，她最终还是没答应跟她的前男友一起走，原本，他打算一敲定要调去名古屋就向她求婚的。

那男人愤怒地对着当时已经三十岁过半的塔子，说都这个年纪了还装模作样摆什么架子。

就算去了名古屋，塔子也肯定马上就能找到新工作的。从此以后，只要找一份不是非常繁重的、能稍稍贴补家用的轻松工作就可以了嘛。

当时盘踞在内心的委屈，塔子到现在都难以忘记。

如果，决定调到别处工作的是塔子，他自己又会不会放弃现在的工作跟塔子走呢？

为什么只有自己非要被迫面对这种抉择呢？

不过，当听到“真正的郁愤无从言说，好似在四周踌躇徘徊的母亲那孱弱细小的声音”时，塔子的心里就满是对母亲的过意不去。

在这种“庞大”的愧疚面前，不管什么样的主张、借口或是正确言论，都弱小得毫无搏击之力。

“你自己呢？一切都还好吧？工作顺利吗？”

“都还好。”塔子双唇颤抖地回答。

连这都保护不了怎么行？——不知何处回响着这个声音。

挂断电话后，雷声轰然而起。

刚从屋内来到阳台，哗啦哗啦如决堤般的冰冷雨水倾盆而下。

塔子就这样茫然地看着像是要慢慢沉没于这场滂沱大雨中的都市街道。

连休结束，公司内的气氛安静得有些压抑。

开始个人面谈后，被转告要给予不合情理的调职和降薪的骨干员工耷拉着肩膀陆陆续续从会议室走了出来。

偶尔从他们身旁走过的塔子，从没有关紧的门缝里，能稍微瞥见和股东们坐在一起的美知惠。那张侧脸，浮现出一种沉醉在自己的权力之中的表情，塔子慌忙地低下头。

这周末，要轮到塔子接受面谈了。

本来，这次面谈就是以劝告提早离职为目的的，所以对方提出的条件，也根本不是什么能息事宁人的好条件。

现在餐厅里全是结束面谈后的员工，塔子没心情进去，最后只能走向茶水间。

“我说，面谈已经开始了吧？城之崎主管也会被调走吗？”

突然，听到有人在说自己的名字，塔子吃了一惊，停下脚步。

偷偷探头看过去，原来是同一个小组的后辈们，正在往手边的茶壶里倒着茶叶。她们平时很节俭，总是自己带便当来吃，顺便利用下茶水间的免费茶水。

“到底会怎样呢……女性杂志企划也算告一段落了。不过，就我们的立场来说，还是希望主管能留下来的。倒是赶紧把那游手好闲的小老头儿调走吧，要是主管不在的话，感觉好多事情都会变得很棘手、很困难啊。”合同员工中资历最老的纪实子悠然地回答道。

“不过主管跟我们这些合同工不一样，是正式员工，不管怎么说薪资都应该蛮高的吧？”

“就算降薪，城之崎主管也会选择留下来的。”

“我觉得也是。她貌似还是单身吧？现在再找别的工作也不太现实，从事其他行业感觉也够呛的。”

说到这里，所有人都“噗”地笑出声。

“但是，到了明天我们就没大山靠了。在那之前，不采取点儿行动的话，恐怕连我们也自身难保哦。”

现在正在搞婚外情的纪实子说了句大实话。大家听完，“确实啊”“好恐怖啊”“真糟糕呢”此起彼伏地出声附和道。

塔子无奈，只能放弃喝咖啡，安静地转身走开。

芳本璃奈也在那一群将自己当作话柄的人里面。看到璃奈跟纪实子她们一起叽叽喳喳地嚼舌根，塔子感到有些失望。

那天，塔子像是豁出去了一样，下班准时离开了公司。已经有多长时间没有在天还没暗的时候就坐上电车了呢？她穿过商业街，去店里望了一眼，正好碰到查尔在收拾时装店准备打烊。

“哎呀，今天难得来这么早啊。”

头上缠着一条具有民族特色披巾的查尔，摇晃着硕大的耳环回过头来。

他现在正打算去买夜宵店用的食材，塔子要求同行。

“抱歉让你久等了。”

看到行装准备完毕，再次出现在院子里的查尔，塔子不由得惊得瞪大了眼睛。

查尔戴着尼特帽，脖子上围了丝巾，穿着斜纹粗布衬衫和丹宁牛仔裤。脸上没有化妆——还是第一次看到查尔没化妆的脸。

在化装舞会的假面之下，竟然是一张眼神清冽的中年男性的脸庞。

“在店里或是晚上的话，平时的装束就可以了，但这个时间去超市的话，实在有些惹眼过头了。别看我虽然这样，但起码也是知道要注意TPO[①]的‘异装皇后’。”

面对塔子的视线，查尔露出羞涩的微笑。

“查尔妹妹，查尔妹妹！”刚进到站前的超市里，收银员大妈们就小声地向他招手。

“查尔妹妹，今天新到的土豆很便宜哦。”“新洋葱的话不要选店门口袋装的，散装称重的更好吃。”“蘑菇也刚进了很不错的哦。”“国产柠檬也到货了哦”……

大妈们一个接一个地过来跟他打招呼。查尔向她们眨了眨眼睛，立马根据刚才的情报挑选好当季的新鲜蔬菜，放进购物车里。

并肩一起走着，塔子突然看到映在冷冻食品柜的玻璃门上的他俩的倒影。身为女性的塔子也算是个子比较高的，站在一起的查尔却比自己还要高出一个头。

年轻的时候，莫非是练什么运动的？斜纹粗布衬衫下显露出的胸膛，比想象中还要厚实。

① TPO是“Time——时间、Place——场所、Occasion——场合”的缩略语。

想到这个手腕应该能轻轻松松地抱起高个子的自己，塔子的心就扑通扑通地跳个不停。

可是，在超市亮堂堂的灯光下，查尔那张“不施脂粉”的脸却显露出些许疲色。

那之后，两个人把采购的大量食材平分后拎在手上，并肩走过长长的商业街，最后回到店里。

“抱歉啊，还让你帮忙提食材。”

“不用客气，一直以来承蒙您的款待。”

一起进到屋内，他们把东西搬到了柜台里面。

塔子还是第一次踏进厨房。

厨房虽然空间并不是很大，但可以让料理人随便施展身手，打扫得也很干净明亮。柱子上贴着东京都食品卫生协会的蓝色证书。

责任者一栏里，用油性笔写着“御厨清纯”这个名字。

这难道就是查尔的真名吗？

居然姓“御厨”，这名字用来形容他简直再合适不过了。

“好了，能买到这么多东西，这下什么都能做了。今天晚上，你想吃什么？”

被重新围上头巾的查尔这么一问，塔子这才回过神来。

“怎么了？今天，感觉你一直恍恍惚惚的。工作不是暂告一段落了吗？”查尔如此问道。

塔子稍稍摇了摇头：“这星期，我有一个可能会被劝告提早离职的面谈会。”

她说完才发现，连对母亲都不敢说的话，居然一不小心就从嘴边溜了出来。

查尔深深地望了塔子一眼后，手脚麻利地开始准备食材。

“肚子应该饿了吧？”他温柔地小声问道，“在夜宵的准备工作前，先简单吃点儿什么吧？”

于是，塔子就看见他灵活地挥动菜刀，唰唰唰地开始切起大蘑菇来。眨眼间工夫，被切成小块的蘑菇就堆满了砧板。

再拌上芝麻菜，淋上柠檬汁。

紧接着，查尔又从冰箱里取出自制的色拉调料混合在里面，最后盛在盘子里，端到塔子跟前。

“法式蘑菇沙拉。”

面对这没一会儿工夫就做好的一道菜，塔子发出惊叹声。

自己还是第一次吃生蘑菇。

挖了一勺入口，“咔嚓咔嚓”的感觉很有嚼劲，齿颊间也都是一股香甜味道，紧接着蘑菇在嘴里很快就被轻轻地嚼碎，仿佛像是溶化了一样，瞬间就消失不见了。这种美妙的清爽口感简直让人难以置信。

“真好吃……”

“好吃吧？我自己也最喜欢这种丝毫不华丽做作的料理。”

但就是这种没有任何准备、信手拈来的普通料理，才是真正考验刀功和调味的经验和技术的。

能够如此游刃有余地完成于间隙，也正说明查尔确实具有相当出色的料理天赋。

她自己曾经也非常向往成为这种行家。

可是……

“虽说我自认为一直努力踏实地工作到现在，可是，我眼中看到的这些东西，也许，全部都只是我的错觉。”

全身心地忘我工作不顾一切，还没回过神来岁月就如白驹过隙般弹指而过。不像现在的年轻人，能够理所当然地做到家庭和工作两不误，塔子并没有他们那种张弛得当的调节本领。

所以她才竭尽全力，认真面对“自己的工作”，并坚持到了现在。

可尽管自己如此拼命，最后还是走到了“这一步”啊。

“或许，打从一开始，所谓的属于我的工作就根本不存在吧……”

也许应该更早一些认识到这点——在鼎盛时代活跃耀眼的第一期前辈和希和都不知不觉间离开自己的那个时候。

“从此以后，只要找一份能稍稍贴补家用的轻松工作就可以了。”

“现在再找别的工作也不大现实，从事其他行业感觉也够呛。”

回想起以前的恋人和年轻后辈口中的无心话语，塔子用力闭上了双眼。

这二十年来，自己一直在找寻的地方，从一开始就根本不存在正确答案。

“对不起，突然说这种话题……”

从刚才的忧郁中平静下来，塔子抬起头。

向查尔这种与公司和社会基本没什么联系的人吐苦水，也只会让他为难吧？

“确实啊。”

然而从刚才起就一直默不作声的查尔，深深地叹了口气。

“我也经常会听到一些大型企业把自己培育出来的员工赶出公司，再从同行业其他公司内挖一些薪酬相对低的员工的事。”

查尔两手交叉在胸前。

“还有啊，要是能多几个看得清下面一线岗位情况的股东，上头应该就会知道把那些真正支撑起全公司的骨干员工赶出去会对公司造成多大损失吧……像这些人，又会去硬扛一些力所不能及的工作，然后不知在哪儿就被推了一身责任，最后落得个马失前蹄啊。在大公司笑着活到最后的，都是那些不让自己成为众矢之的、如鱼得水般圆滑巧妙地在公司内周旋的‘政客’。”

查尔非常精准地指出了企业内泛滥的恶性循环。

褪去平时浓妆的素颜，虽然面色稍稍泛黄，却是一张精悍且知性的壮年男性的容貌。

说不定，他还……

查尔朝呆呆地望着他的塔子回以微笑。

“不过，你刚刚说，怀疑自己看在眼里的东西都是错觉，对吧？但在我看来，其实这个世上的所有东西，都是每个人的错觉，不是吗？”

“欸？”

“错觉这种说法可能有些奇怪。只是，不管怎样，我们都只能通过自己的眼睛来观察和感受事物，那你不妨这么想——”

查尔双手搭在塔子的肩膀上。

“我要是用别人的眼光来试着重新审视自己平时的穿着打扮，毫无疑问，我肯定难为情得想死。”

查尔忍住想笑的冲动说完后，打开了厨房上面的橱柜门。

从里面取出一个一人份大小的锅，把它递给塔子。

那是塔子在这里第一次做客时，吃的春季时蔬砂锅煮用的锅。

小巧浑圆的土制砂锅，手感朴实无华，让人心情舒适。

“这个砂锅，你拿去用吧。”

“欸，可是……”

“我希望你能收下它。”

看塔子犹豫不决，查尔稍微摆出一副认真的样子说道。

“厨师的话，经常会说那些陈年土锅越是经历过漫长岁月，越能赋予食物更加醇厚的美味。”

查尔把两个一模一样的砂锅放在桌上，继续说道：

“这只锅已经用了二十多年了。也多亏了它，才能一直做出特别好吃的烘焙料理。虽然肯定会有很多人说，不管是用新锅做的东西，还是用用惯的旧锅做的东西，味道其实都是一样的，会觉得有差别那不过是错觉罢了。可是我……”

查尔转过身来，眼睛盯着塔子，慢慢说道：

“我觉得，这种想法对我们来说是非常珍贵的。”

一瞬间。

鼻腔深处涌上一股暖流。

眼前这个把披巾当头巾缠在头上的男性的脸庞，逐渐模糊扭曲。

“查尔先生，”塔子努力抬起头，尽量不让渗出来的泪水被发现，“今天晚上……我想吃春季时蔬砂锅煮。”

查尔不施脂粉的脸，看上去果然给人一种褪了色的感觉。

“知道了。”但他还是露出满脸的笑容，回答道。

周末，塔子在会议室接受了与股东和人事部的面谈。

可他们提出来的面谈内容却让塔子瞬间不知所措。反应过来后，塔子想都没想就直接反问了一句“什么”。

面谈的内容是委任塔子做企划小组的Gr长代理。

“请问，公司打算怎么安排指原Gr长呢？”

两年前才刚转职过来的指原应该不在这次提早离职对象的名单里。

“指原的话，会把他转去物流部。”

物流部——传言说是公司员工的流放地的配送中心。

塔子茫然地把视线看向窗外。没有升温的微寒天气一如既往，明明五月都已经过半了，窗棂上居然还有结露。

“城之崎小姐，我们非常期待你的表现。”

突然，耳边传来温柔的声音，塔子收回视线。

美知惠“堆”出社交笑容，身体朝她这边倾来。

“从今以后，希望你能和我一样，作为女性管理层候补，尽自己所能好好做出成绩来啊。”

冷静的声音中带着亲切感继续向自己袭来，塔子始终低着头默不作声。

“城之崎主管！”

离开会议室，走在走廊时，纪实子从茶水间一下子蹿出来，顺势搂住了塔子的胳膊。

“主管，您这次升职了吧？真是太好了！”

“你怎么会知道？”

听到这突然间的祝贺，塔子大惊失色。刚刚才被告知的内部指示，纪实子居然都能打探到，真是让人汗毛直竖。

“这个嘛……”

纪实子一点儿都没有顾虑的样子，把塔子拉到茶水间。

“其实还没有对外公开，指原Gr长貌似做了坏账。”

“坏账？”

“请不要说那么大声嘛，这还是秘密的。”

虽然压低了声音说话，但纪实子看上去一点儿想保密的意思都没有。

估计是促销小组的和气Gr长透露给她的吧。塔子从纪实子这里了解到，指原手下的一家转包代理店挪用营业额，最后还破产了。

“事情貌似闹得还挺严重的。现在监察机关已经去做审计了，指原Gr长好像从这家代理店接受了利益供给①。”

就像是第一时间在网上获取艺人花边新闻的网民一样，“这一定就是传说中的天诛啊！”纪实子不负责任地兴奋道。

① 集团公司同子公司内没有实际效果的业务持续支付金钱或物品来作为代价的行为。

看来，纪实子很早之前就知道了内部指示的内容，然后特意在茶水间候着塔子从会议室出来。

“不过，那个人是靠常务的后门关系进来的，最起码不会被开除吧。主管，真是太好了呢！我们几个也非常高兴，这样一来企划小组终于能离开魔爪走上正道了，形势一下就逆转过来了呢。从今往后，还要请您多多关照了啊！”

那天晚上，塔子在查尔的店里，一边品尝着浓汤，一边把自己得到晋升的内部指示说了出来。

正在芭蕾鞋上认真做串珠刺绣的嘉达抬起头，用中气十足的男低音回道：“嗬，挺厉害的嘛。”

查尔也微笑着说：“太好了。”开始准备平时的餐后茶点。

“不过，今年的天气真是让人难以理解。说好的春光无限五月天根本就是骗人的嘛，等到现在还是这么冷。照这么下去，地球该不会要进入冰河期，夏天就此永远不会到访了吧？”

塔子心不在焉地一边听着彻底放弃女性用语的嘉达絮絮叨叨，一边喝着“能软化脑血管的药茶”。

脑海里，只有那句“形势大逆转”像是山涧回响般反反复复。

进入六月后，每天都毒日当头，让人感觉之前一直持续的低温都是骗人的一样。

日子看似不管何时都过得重复单调，但季节还是在人看不见的地方悄悄推移着啊，塔子再次深有感触。

六月的傍晚，天还很亮，就算过了六点，太阳还宛若枇杷般鲜艳红润，阳光把整间屋子都涂上了暖暖的金黄色。

在天色还亮的时间里，为之后的大餐精心做准备，真是一件让人心情无比愉快的事情。

塔子现在做的是从查尔那里学会的砂锅料理。

卷心菜和新鲜洋葱这些春季时蔬，再加上芦笋和西葫芦等初夏时蔬，她试着做了一些调整。

一边计算着蔬菜煮透的时间，一边用芝士碎丝器来削糙米糕，再把削成丝的糙米糕和豆奶、白味噌、白醋一起放进小锅里，拌烧至完全融合。

其实，在砂锅上面编织出金色网状顶盖的那风味浓厚芝士的“真面目”，正是这个糙米糕。

医生跟塔子说，让她以后尽量少吃肉，虽然鱼肉多少还是会吃一些。

在查尔教授烹饪方法的时候，从他无意间透露的话语中，塔子能够察觉出，他应该患有某种宿疾。

浓妆下面那张素颜的蜡黄脸色，绝对不是自己看岔眼了。黄金周那会儿，查尔好像住了一段时间院。

“我也无可奈何，在这个世界上，能够脱离一切、获得真正自由的人根本不存在。

“不管是谁，要活下去的话，或多或少都会身负某些包袱的。”

带着微笑的查尔没有再说下去，塔子也不敢追问。

可是，当时查尔说的那番话，带给了塔子某种觉悟。

上个月末，塔子最终还是拒绝了内部指示的晋升机会，选择了提早离职。

并且，在这个月，她终于离开了工作二十年的公司。

之后打算干什么，她现在还完全没有计划。

塔子的辞职举动，在一段时期内掀起了巨大的反响。

劝告骨干员工们提早离职的明明是公司，可一旦像塔子这样身上压了很多工作的骨干员工真的要离开，以美知惠为首的人事部和一帮股东都震惊得说不出话来。纪实子那群后辈也都苦苦挽留说“请不要辞职”。

但塔子认为，提早离职对自己来说应该是一个良好的全新契机。

公司拿女性管理职位来试探塔子的意向，绝对不是出于看好她平时业绩的原因。

只是前Gr长在阴沟里翻船后丢下的烂摊子急需有人来收拾，再加上正好迎合了现在的执政党发表的《推进女性管理职位录用声明》的意向，他们的这些如意算盘其实早已昭然若揭。

当然，如果在那个职位上留下来的话，应该也会有所收获吧。

就跟当初乘着《劳动法》改革的风浪，进入女性综合职位的塔子自身在公司里一路学习并且吸收各种各样的知识直到现在一样。

可是，也正是靠那样不断学习和经验积累出来的自己，才察觉到这次与之前的情况“有所不同”。

会议室里，从美知惠对自己说“希望你能和我一样”开始，那份奇怪的异样感就越来越明显。

在诸如营私舞弊、贪污私吞、婚外不伦之类的魑魅魍魉在水面下滋生蔓延的大型企业里，当上第一位女性管理职位的美知惠，绝对不会那么轻松好过。

但塔子应该背负的包袱肯定和美知惠的不一样。

当感受到这一觉悟时，塔子听到自己身体里，像是长时间冻结起来的积雪一样的某种东西，发出了“吱吱嘎嘎”开始融化的声音。

塔子用木质锅铲搅拌着糙米糕，等确认它化得跟芝士一样柔软时就关掉火。

接下来就轮到从查尔那儿继承来的砂锅登场了。

在它滴溜浑圆的肚子里倒进煮得透软的蔬菜，再浇上糕芝士，准备工作就大功告成了。

今天她打算带上这个砂锅料理作为礼物去拜访“MAKAN MALAM”。

最后一道工序就用店内厨房里的烤箱，烤至恰到好处的焦色，然后献给一直以来为她做消夜吃的查尔。

用的是“服役”二十多年的陈年老锅。

绝对没道理会做得不好吃。

仔细体会着掌心内砂锅所带来的令人安心的触感，塔子忽然觉得，自己是不是又产生了某种奇妙的错觉?

从现在这兴奋的情绪中醒来后，等待着自己的，或许是无法挽回的后悔。

可尽管如此，从今以后，也要用自己的目光，去面对和接受不确定的未来。

为了能够将工作二十多年的自己所应有的“风味”展现出来，还是要耐心努力找到下一个舞台啊。

用一时的安宁为代价，自己也能就此别过始终遭他人的眼光接受评价的过去了。

在装满丰盛料理的砂锅上盖好锅盖，塔子走到了阳台上。

眺望着西边天色依旧明亮的天空，不管冬天的余寒拖了多久，待到夏至，太阳的放射线仍旧会源源不断地发送而来，如此忠实守律，让人觉得不可思议。

以后自己也要学习自然界这周而复始的规律。

不管冰冻了多长的岁月，不管多少次，新绿破土的季节还是会降临在积雪融化后的大地上。

CAFE

古内一绘 《二十三点的深夜咖啡店》

Chapter 2

金色米面包

七月下旬的午后阳光，晃得有些耀眼。

染上麦芽棒棒糖般金黄色的接待室，被笼罩在闷热的暑气之中。

柳田敏在沙发上轻轻地坐下，打开手边的扇子，在胸前“呼哧呼哧”地扇着风。

从做母校弓之丘中学的教师以来，已经过了四分之一个世纪。虽说这所历史悠久但设备陈旧的学校终于开始慢慢购置空调，可温度设定严苛，一到午后太阳光能直射进屋内的时间段，基本上就指望不上空调了。

光是坐着不动，胸前就渗出了汗水，更甚的是，气氛还很糟糕。

桌子对面坐着的母亲摆着一副神经质的表情，坐在她旁边的是一个正在怄气的少年。

从扇子的背面可以看到旁边的久保智子也是一副严肃僵硬的表情。

少年的名字叫三桥璃久，是智子担任班主任的初一年级三班的学生。

“那么……”

柳田暂且合上扇子，向前探出身子，最近突然长出来的肚腩垂在桌子上面。

他自己也隐隐约约知道，学生们都在背地里给老穿着一件薄薄的白大褂、顶着便便大腹走在校园里的自己起了个绰号叫作“上校”[①]。四十岁过半之后，他就已经放弃了对代谢综合征的无谓挣扎。

“为什么你最近开始不好好吃饭了？”

面对柳田的问题，璃久低头默不作声。

“不要这样，老师在问你话呢。”

“如果是出于什么原因的话，也跟老师说说吧……”

正当那位母亲和智子打算抬高嗓门儿时，柳田却用扇子制止了她们。

面对一个在闹脾气的孩子，想要用问题来撬开他的嘴，那根本是不可能的。做了这么多年教师，这一点他早就已经心中有数。

① 这里暗指的是肯德基创始人山德士上校。

身旁的智子故意大声地叹了口气。也许是因为一头超短发，这个时候的智子看起来显得有些过分严厉。

做教师才第五个年头的智子，也是这所学校年轻教师里的一员。平时虽然开朗积极，但事情只要稍不如她意，就会变得非常固执己见。

从一个多月之前开始，璃久突然间就不再吃母亲做的饭，总是在社团活动或是从补习班回家的路上，自说自话地去便利店和快餐店解决晚饭。

“不过，那个时候，每天做给他的午餐便当还是会全部吃干净的，我就想可能不需要太担心吧。你看，到了他这个年纪，男孩子在外面和朋友一起玩才会比较开心，你说是吧？”

璃久的母亲皱起纤细工整的眉毛，看向柳田。

确实正如她所言。

从某个时期开始，家里人会突然让你感到非常厌烦，这几乎是所有男孩子都会经历的阶段。

不过，据他所知璃久每天带来学校的便当其实自己并没有吃掉，而是把便当硬塞给食量大的同学，自己则用零花钱去小卖部买点儿速食杯面或是面包来当午饭。

当这件事情在监护人咨询会上被提出来的时候，智子的发言里好像稍微有一点儿这是由于“家庭问题”而造成的意思。那位母亲感到被年纪尚轻的智子提了意见，要求在下一次的咨询会上，作为年级主任的柳田也要一起出席。

“我们家里面根本就没有任何说得上来的变化，反倒是学校里，是不是发生了什么事情？”

这位看上去四十多岁、顶着一头垂肩长鬈发的母亲，迅速瞥了一眼智子。

夹在不知为何一时间气氛剑拔弩张的两个女人中间，柳田心里直叹气。

“做老师放假时间又多，真不错。”

如今，偶尔还会有人一脸正色地来跟自己这么说，实在是叫人无言以对。

其实暑假，只是不用上课，作为教师还是需要跟其他月份一样到学校上班。上头能够批准你悠闲地“自家研修”，那已经是几十年前才有的好事了。

到如今，三天两头就会安排校内研修和校外研修，再加上如果做了年级主任还有教学任务的话，那就是有三头六臂也忙不过来了。当然，类似今天这样的各种麻烦事，还都必须一一亲自出马解决。

真是受够了……

被夹在耐不住性子的年轻教师和“神经质”的学生家长中间，做年级主任的真是各种受罪。况且这根本不是他自愿想做的，而是自己的资历比其他人老一点才被赶鸭子上架的。

“我想和璃久同学单独谈谈。”

首先把两个多余的高危不定时“炸弹”从屋里“赶”了出去，柳田在璃久面前重新坐好。

柳田用腰带勒紧肚子上的赘肉，把手撑在桌子上。

“是不是有什么不想吃的理由？”眼神看着对方问道。

璃久却把头偏向另一边："没什么……"

来了——"没什么"。

最近的孩子，连好好反驳都懒得去做了。

柳田收回搁在桌子上的大肚腩，看向智子刚才拿过来的资料。

他的父亲是在大型专业商社工作的普通上班族，母亲是全职主妇，乍看之下家庭上没什么问题，成绩上文科、理科都挺优秀，体育也还可以。

璃久在柳田教的理化课上成绩应该也不算差。实验课上，他围在朋友堆里愉快地积极参与实验，还参加了生物社团活动……

柳田扫视着手边的资料，忽然，璃久开口说道：

"而且，我有好好吃饭啊。"

"啊？"

"我有好好吃饭啊，每天都吃的。"

璃久用带有挑衅意味的眼神回向柳田。

"但你为什么不吃你母亲特地为你准备的饭菜呢？"

"就算不是我母亲做的东西，饭菜也是饭菜吧？"

"话虽然是这样没错。"

"那就请你们让我随便吧。"

就像是想刻意给这个话题画上句号，璃久说完便在自己嘴上"拉上拉链"。

"你该不会是和你母亲吵架了吧？"

"也没有……"

再次退回起点，没有丝毫进展。

之后不管问什么，璃久都毫不配合。柳田只能放弃，把璃久的母亲和智子又叫回接待室。

“我看还是再观察一段时间吧？”

“那意思也就是今后柳田老师也会一起来负责这件事情吗？”

被璃久的母亲这么一逼问，柳田也只能态度模糊地点点头。

“这个嘛，也请家长不要着急，继续等待事态好转吧。”

这句话都不知道说过多少次了。

与长久以来的教师生涯相对应的，他也领悟到中学生内心的问题是不可能在一朝一夕间解决的。若想解决，大多数情况下都需要花一定的时间。

柳田一边安抚着想着急下结论的璃久母亲，一边把璃久送到升降电梯门口。

“有什么情况，要马上联系我。”

璃久默默地接过柳田塞给他的写有自己手机号码的纸条。

校园里回响着体育部的操练声，保持着微妙距离的两个身影渐渐走出视线。

“看那样子，他们家里绝对有问题！”

直到再也看不到那母子俩的背影后，之前一直保持沉默的智子突然表现出一腔愤懑无处宣泄的样子，高声说道。

“您听到她说的话了吗？‘柳田老师也会一起来负责这件事情吗？’那母亲可是会当着我的面直截了当说这种话的人哦。她这不是成心挖苦人吗？根本就没把当班主任的我放在眼里，这态度也甩得太明显了。”

回到教师办公室，智子的不满情绪还无法平息。

“‘没生过孩子的人，怎么可能会了解孩子的事情？’现在居然还有家长能一本正经地说这种话。她这话应该算是彻底的性骚扰吧？”

“确实啊。”

“同样是单身的老师——高藤老师却从来没被人这么说过，为什么受害的只有身为女性的我啊？”

“也是呢。”

智子发现，从刚才起柳田就只当自己的牢骚是耳旁风，一下子也没了兴致。

“总之，现在已经开始有效仿三桥同学，不吃自己带来的便当而改吃速食杯面的学生了。为了防止这种情况继续影响其他学生，我觉得必须得在暑假这段时间内把这件事情彻底解决，所以说……”

智子调整了怀抱文件的姿势。

“柳田老师，希望您能对此事负责到最后。”

滔滔不绝的正当言论陈述完毕，最后的结论再把锅全甩出去后，智子麻利地回到了自己的座位上。

柳田在办公桌前坐下，摘下眼镜揉着眼角。

年轻教师只有一张嘴能说会道，一到关键时刻就只会依靠别人。

“奔三的大龄女教师确实不好惹啊。”

坐在对面的高藤压低声音感叹道。

“柳田老师也真是不容易啊。听说久保老师本来就和漂亮的‘魔女妈妈军团’八字不合哦。”

高藤偷偷瞄了眼智子穿立领POLO衫的背影，说话声音压得更低。

“可能是相亲一直不怎么顺利，心里有点儿烦躁吧。要我说，把自己的头发咔嚓几刀剪那么短，是个男人都会觉得很难去搭讪啊。看她那样子，总觉得会聊天聊到一半突然蹦出一句‘第二难道就不行吗’？[①]”

柳田完全不想接他这自认为很有意思的话题。

他启动电脑，打开了放有《研修报告总结》的文件夹。

体育部的操练声和金属球棒敲击棒球的声音回荡在校园里。在这么热的天气里，也真是辛苦体育部的顾问老师们了。

可是当柳田听到从屋顶传来的分外嘹亮的欢呼声时，心里却萌生了一抹淡淡的寂寥感。

“哟——噢！嘿——咿！”

欢呼声的短暂间歇内，能听到游泳部风格独特的助威声。

突然间，他的脑海里浮现出学生们争先跳进泳池里，水花飞溅在眼前，闪烁着耀眼夺目光辉的景象。

几年前，这所中学都还没有游泳池设施。第一个去租借隔壁学校的游泳池来组织游泳社团的顾问老师，其实就是柳田本人。

话虽如此，但柳田自己并没做过什么特别的大贡献。从兴趣小组时期不情不愿地接下这份顾问工作以来，在担心学生们的实力之余队伍也慢慢壮大起来，不知不觉间就发展成了能参加都内大赛的实力

① 暗指的是华裔的日本政治人物莲舫，她是现任日本民进党代表，一头干练超短发，之前曾经因发表“为什么非要一定成为世界第一？第二难道就不行吗？”的言论引起日本国内舆论热潮。

社团。

如今学校在教学楼屋顶建造了一座漂亮的游泳池，顾问也被有游泳选手经验的年轻教师所取代了。

做教师的，总的来说就是这样子。

就算花再多的心血栽培教育，成长之后他们终究还是会展翅高飞，无影无踪。

况且自己本身也不算是个热情洋溢的教育者。无非就是尽量避免和他人产生摩擦，无功无过地度过这么些年，回过头来也就自然而然地当上了年级主任。

教育生涯迎来了第二十七个年头，柳田今年也到了四十九岁的年纪。

按照要参加教务主任晋升测试必须在五十岁以下的规定，今年也是他最后的机会了。

迄今为止，虽然已经被周围人劝过很多次去参加教务主任的测试，可到现在为止他都提不起劲儿。只要当上教务主任，以后校长的位置也会变得唾手可得。管好一个学年已经让他操碎了心，实在无法想象自己能胜任担负整个学校责任的校长之职。他自认为也没有那个激情和精力。

“哟——噢！嘿——咿！”

柳田的注意力差点儿被再次响起来的助威声吸引过去，他慌忙晃了晃脑袋。

首先要把眼前的问题解决。

今年夏天又是酷暑又要写报告书，还要被初一的毛头小子奇怪的挑食问题给折腾来折腾去。对于教师来说，暑假这东西，都净是惹人烦的麻烦事。

照这种样子，平时教课反而感觉会更加轻松。

那天晚上，柳田赶资料一直赶到九点过后才下班，到自家附近的商业街的时候，基本上所有的店都打烊了。

强烈的空腹感让他头晕目眩。

从前天妻子和女儿去参加跟团游以来，柳田的晚饭全都是在外面解决的。

揭开拉面店的门帘，柳田走到靠里的桌子旁坐下来，先点了一杯生啤，再拿起手边的湿毛巾使劲儿抹了把脸。

说起来，妻子和女儿还真是一种非常不可思议的关系。

平时互相仇视，都到了让人怀疑她们到底是不是亲生的程度，但隔三岔五又会像现在这样，两个人一起出门去哪边玩一趟。

自己的工资全都用在还房贷和女儿的教育费用上了，可妻子打工挣的钱却都拿去娱乐消费，这实在是让人不可理喻。

话虽如此，他心里其实也知道，一切的原因都在于自己根本就没有为这个家庭奉献过什么。

“爸爸，你活在这个世上的乐趣到底是什么呢？看你总是一副愁眉苦脸的样子。”

一时间，柳田回想起作为高中生的女儿当时问得直截了当的问题。

自己在那里小声抱怨回家太晚的时候，却反被女儿的吐槽戳中要害。

女儿天真可爱的时光真是短暂得如同昙花一现。现在她看父亲的眼神就跟在看垃圾一样，张口闭口也净是令人讨厌的话。那态度表现得就好像是她一个人把自己养大的一样。

不管怎么说，之前问的那个问题真是太嚣张了。

虽然有时连他自己也会在照镜子的时候，被自己嘴角下垂的角度给吓到，但真心的笑容又不是每天都能说有就能有的。自己又不是炸鸡店门口拉客的上校模型。

再说，让人快乐的事情，其实也到处都有嘛。

就比如说这些——柳田盯着眼前十分钟都还没到就摆满桌子的拉面、饺子、炒饭套餐入了神。

按之前认识的来他们学校研修的中国教师的说法，所有刚到日本的中国人第一次看到这种套餐组合时都感受到了相当大的震惊。因为在中国，面、饺子和炒饭都属于主食的范畴，所以换句话说，这套餐就是糖分、油脂、碳水化合物的盛宴。

可人类就是这么容易堕落。之后再见到那个中国教师，他已经非常自然地说着“这确实很容易让人上瘾啊”，然后毫不犹豫地点了相同的主食三样套餐组合。

柳田漫不经心地看着电视机里的综艺节目，同时放任欲望喝着啤酒，吸着面条，咬着饺子，嚼着炒饭。一开始确实感觉无比幸福，但吃到一半后，他慢慢就感到有轻微的胃胀感。

尽管如此，柳田还是把拉面汤一滴不剩地全喝完了，他揉搓着自己又大了一圈的肚子走出拉面店。

在空调房里早已凉透的身体，现在又身处于空调室外机卷出来的热风里，整个人都感觉烧心、胃绞，痛苦难耐。

这几天都是在连锁快餐店吃些牛肉盖饭、炸猪排饭、拉面等东西，就算是铁打的肠胃，估计也快吃不消要发出警报了。

像这样的日子，果然还是……

柳田下定决心，往商业街外面的小路的最深处走去。

穿过一个人勉勉强强能挤进去的窄巷子后，那家店一下子就出现在了眼前。

有一个小小的院子，像古朴民宅的独幢房子。

院子里正中央的山茱萸长满了茂盛的圆形树叶，根部竖着写有“MAKAN MALAM”的小型看板。

这是一家在深夜悄悄开店、只有认识的人才会知道的深夜咖啡店。

商业街的小巷子深处居然还藏有这样一家店，不是常客的话绝对注意不到。

如果说是隐居所、微服私访、秘密幽会的话，脑子里便会浮现肤色白皙、身材娇小、看似颇有故事的女店主郁郁寡欢地掀开暖帘的场景。

然而，现实情况却是——

按下门铃后，传来“来了——”一声粗厚的声音，厚重的实木门被打开。

“哎呀，柳田，欢迎光临。”

一张涂满鲜红唇膏的嘴描绘出一个华丽的弧形。

不管见多少次都还是那么具有冲击感。

玄关大门后，站着一位身高超过一百八十厘米的老同学——当然是同性——可是，肌肉发达的腿却裸露在穿着的印花晚礼裙外面。

在通过间接照明而亮堂堂的店内能看到一张单人沙发，还简单地配有几件古雅格调的家具，成单的客人们都各自品着茶，看着书，默默地享受着自己的夜宵。

柳田向见过几面的白发老妇人点头打了下招呼后，便坐在了柜台座的凳子上。

“看你这样子，应该是吃过晚饭才过来的吧？”

隔着柜台桌，粉色波波头假发在眼前跳跃，假睫毛在涂满脂粉的脸颊上投射出长长的扇影，给人感觉就仿佛是马戏团的小丑或是大魔女一样。

现在看上去，那个在中学时代不管在男生还是女生之间都拥有很高人气，既能文又能武、性格爽朗的同班同学的音容笑貌在他身上早已荡然无存。

虽然每次看到相貌出色的男孩子，柳田都会在心里反复诅咒他们赶紧变秃头，可他真是连做梦都没想到，以前班级里人气最高的英俊优等生，在过了四十岁之后，居然会变成“异装皇后”。

第一次看到他穿女装的样子时，由于惊吓过度，害他直接扯着嗓子大吼了一声“以后不许再出现在我面前”，但不知不觉间，自己变得每周都会来这家深夜咖啡店做客了。

“感觉好像又有些吃多了。来杯一直点的那个喝了肚子会清爽好受些的，拜托了。”

“明白了。”

柳田把手肘撑在柜台上，一直盯着他翻卷着长及膝盖的晚礼裙消失在柜台深处的背影。

“久等了。”

柜台上放了一杯刻有詹格拉花纹的陶瓷杯，里面盛满了黑乎乎的跟刚煎好的中药一样的茶。柳田喝了一口，长长呼出一口气。

有点儿苦，有点儿甜，又有点儿辣，虽然喝过很多次了，但这不可思议的味道简直没办法用语言来描述。

撇开这奇怪的味道不说，喝了这茶后，内脏就好像被重新洗涤过了一样，一股爽快感从身体里蓬勃而出。

“发生什么事了吗？”

柜台那头突然传来声音。

从羽毛般的假睫毛深处，沉稳冷静的目光紧紧地看着柳田。一瞬间，就好像少年时代的面容重叠在眼前一样，使他吓了一跳。

“压力积得太多就会管不住自己，开始暴饮暴食，是阳气过盛的一种表现。今天的茶里，除了一直有的苹果和薄荷，我还混合了大麦和糯黍。大麦和糯黍能够对偏阳性体质起到中和的作用。”

“御厨……”

才刚叫完他的名字，就立马响起“啧、啧、啧”的咂舌声。

“不要用以前的名字来称呼我，在这里，要叫我‘查尔’。”

这让人叫得出口才怪！

“然后呢，到底出什么事了？”

查尔从柜台后面探出身子，丝毫不在乎全身都在做着抵抗的柳田。

“啊，我那学校有个初一年级的毛小子……”

柳田重新打起精神，把璃久的情况简明扼要地说明了一下。

“也就是说，那孩子突然间，只要是他妈妈做的东西就一点儿也不吃了？”

“没错，就是这样。”

“这其实应该像那位班主任所说的，是他们母子之间的问题吧？”

“我一开始也是这么认为的，但那位母亲跟着一起来过学校，看他们的样子不像关系非常糟糕，也不觉得那孩子有什么反抗情绪啊。”

回想起两人一起并肩离去的背影，柳田百思不得其解。

“不过，在中学生这个敏感的年纪，不管发生什么都不奇怪啊。”

确实，在教过所有年级的柳田看来，像小学生一样半斤八两的初一新生、将要面临人生第一个坎儿的初三应考生、夹在两个年级中间完全不明所以的初二“中二生”，简直没有一个年纪能让人省心。

“可是……那个初一的小子，看上去性格也没有非常别扭，不像是会让人头疼的问题生啊。”

他给人的印象，是个始终开朗欢快地在朋友中间谈笑风生的乖巧学生。关于这一点，他对班主任智子在资料里所写的感想没有丝毫异议。

“最近的小鬼们，脑子里到底在想些什么东西，根本就完全猜不透啊。本来，现在的孩子思想感情就很淡薄，要读懂他们比登天还难。相比较孩子们薄弱的意志，反而家长们的精神力超乎寻常地高。和现在的小鬼们一比，我们那个年代的年轻人意志和精神力还真是强大……噢哇！”

柳田边喝着茶边滔滔不绝地陈述观点，突然背后被人用力敲了一下，差一点儿就连人带茶摔下凳子。

他吓了一跳急忙回头，看见一个戴着鲜红长款假发的年轻异装癖向他摆出莫名其妙的敬礼姿势。

“人民教师，晚上好！”

“呃……”

是名叫嘉达的异装癖二号。

柳田对这个以前当过混混的异装癖最头疼。

“怎么这种反应啊！”

嘉达那粗得跟用铅笔画上去一样的眉毛突然倒竖起来，查尔只好在旁边劝着：“好啦，好啦。”

“异装癖二号”是查尔白天在这里经营的舞蹈时装专门店的“针线小妹”，今天手里也拿着才加工到一半装饰亮片的披巾。其实要说起来，这家深夜咖啡店好像原本就是给这些“针线小妹”做员工餐才慢慢发展起来的。

“我刚刚断断续续听了一些你们的对话，如果你想问这方面的事情，那就把耳朵好好掏干净，来听听我这个到现在‘中二病’还没痊愈的人珍藏的经验之谈吧，绝对可供参考。”

“什么？”

“哎呀，对了，这孩子，在年龄上要比我们更接近中学生一些，所以趁这机会，还是稍微听一下他的意见吧。”

“我说啊……”

被两个异装癖前后夹攻，柳田不快地皱起眉头。

于是，这个从小混混成功转型成异装癖的年轻人自说自话地谈起了自己“惊天动地”的变迁史，但这种历史到底有多少实际参考价值呢？

“对于上中学的毛头孩子来说，食欲几乎就等同于青涩的性欲。不，不光光仅限于食欲。对毛头小子来说，一切的欲望都是……”

“快别说了！”

“怎么了嘛，下面的话才是最关键的。那个时候，我的性欲——”

“能不能闭嘴！”

“你小子青春期的*Vita Sexualis*[①]我一点儿兴趣都没有。”

想要拼命甩开仍然纠缠不休、要一吐为快的嘉达，柳田提高了嗓门儿。

“喂，御厨，你快过来把这家伙处理掉！”

查尔也许是不喜欢被叫真名，坚持采取见死不救的态度。

① 是日本小说家森鸥外创作的小说，于明治四十二年（1909年）发表。名称的词义源自拉丁语中“性欲的生活”。当初政府以猥亵小说的理由给予禁止发行的处分，实际上小说中未有直接描写性行为的相关内容，主要是作为哲学家的主角金井湛，以哲学的观点来探讨自身的性体验的内容。

察觉到扭打在一起的柳田和嘉达，原本在屋子角落里安静干活儿的“针线小妹”成群结队地过来凑热闹。没一会儿工夫，四周就被戴着五颜六色假发的异装癖围得水泄不通，柳田发出痛苦的悲鸣。

每次只要到这家店里来，就有一半概率会遭受这种罪。也不知为何，越是表现出嫌弃，他们就越起劲儿，更高兴过来惹他寻开心。

连滚带爬逃命似的飞奔出店外，柳田擦干额头上的涔涔汗水。这样下去压力只会越积越大。

不过，或许是查尔泡的那杯茶的功效，腹胀的不适感很神奇地减轻了不少。

原本很保守的柳田，丝毫不畏惧嘉达他们一而再、再而三的攻击，仍旧频繁地光顾“MAKAN MALAM”，并不只是因为可以喝到那如魔法般的药茶。

也许连以前的老同学御厨清纯自己都没有注意到，在那家店里有一个小小的理由，柳田深埋在自己的内心，却心驰神往。

进入八月，鸣鸣蝉和油蝉同时放开歌喉，开始了它们的大合唱。

酷暑越来越难熬，就算待在有空调的办公室里，柳田也是扇不离手。

关于璃久的事情，虽然和他的母亲互相发邮件往来，和智子也进行着情报交换，但仍旧没有很大的进展。璃久还是只到便利店买饭团吃，或是去快餐店解决。

“他这到底是为了什么呢？”

智子手里拿着日志本，问道。

“除了吃饭这个问题以外，也没有在其他方面闹情绪，听说在家里面说话聊天也跟往常没什么两样。在夏天的补习班也很认真，每天都去上课。”

这样的话，如果把他叫过来说教一番，反而会感觉是我们这儿有些过分啊。

“挺正常的啊，我觉得没什么问题啊。”

坐在对面的、跟智子同期进来的高藤轻快地插嘴道。

“虽然不清楚原因，但就是感觉不想吃特意准备的好饭好菜，只是这样吧？本来中学生就喜欢吃垃圾食品，而且，毕竟是青春期的男孩子嘛，情况就更复杂了。”

“哎呀，看来高藤老师你，以前肯定有多得数不过来的黑历史呢。”智子用绝对零摄氏度般的冷冰冰的语调调侃道。

“那个……”从背后传来有气无力的声音。

回过头，仿佛竹节虫隐身术一般毫无存在感的数学老师宫泽很不好意思地站在那里。

“你们是在谈三桥璃久的事情吧？其实，在上周生物社团的集训里……”

他说话的声音轻得跟蚊子叫一样，柳田这才想起宫泽是生物社团的顾问老师。

“这么一说，我想起来宫泽老师是集训领队负责人吧？”

“是的……”

宫泽接下来说的内容，让柳田和智子面面相觑。

之前去山上露营采集昆虫的时候，璃久很自然地和其他学生一起用了餐。

“他们到底吃了什么？”

“在露营地内，是学生们自己做的饭菜，所以应该都是一些很随便简单的东西……头一天是咖喱，第二天是猪肉酱汤……”

宫泽始终低垂着视线，近乎自言自语般小声嘀咕道。

柳田皱起眉头。

这么看来，璃久所抗拒的应该仅限于他母亲做的料理了。

“也不能如此一概而论。他母亲有提过，说他在外面吃的话，也只会选择快餐店，别的都不吃。”

“看吧，我说得没错吧！”

高藤拍了拍手。

“简而言之，他就是不想吃精心准备的好饭好菜嘛。”

“为什么？”

柳田和智子异口同声地问道，高藤立马给出了答案。

“因为没那心情。”

智子听完随即走开了，柳田也默默回到电脑前。

那天晚上，柳田在连锁拉面店的柜台座上喝着啤酒，配着皮蛋豆腐当下酒小菜。

女儿去参加网球社团的集训不在家，正好乐得清闲的妻子每天晚上都会出去和打工认识的朋友搞什么“女生聚会”。

剩自己一个人吃闷亏的柳田，这几天只能被迫再周游于各家连锁店间果腹。

“就算跟你面对面坐着一起吃饭，也没什么劲儿嘛。不管我做什么，你连哪怕是一句‘好吃’的恭维话都不会说。”

脑子里回想起妻子去“女生聚会”出门前所说的话。

真是的，母女俩一个个都只会挖苦人。对着一桌摆满了她打工的超市卖剩下的熟菜，还能叫人说些什么呢？还有，那个“女生聚会”算个什么玩意儿？好好面对现实，应该叫“阿姨聚会”才对吧。

柳田的嘴里嚼着皮蛋，心里面发着牢骚，突然间放在柜台上的手机发出振动，来电显示着璃久家里的电话号码，柳田心里顿时涌出一种不祥的预感。

走出店外，他按下接听键后，果然，璃久母亲悲痛的声音震彻耳膜。

“璃久他……璃久他一直没有回家！”

柳田只好忍痛割爱放弃准备在皮蛋豆腐后点的主食三样套餐，迅速地结完账，小步疾走着朝学校方向赶去。

这时，手机又发出振动。

这次是智子打来的。她说她现在正在挨个儿打电话到与璃久关系要好的同班同学家里确认。

“我知道了，我现在准备去学校。”

说好知道什么新情况要及时联系对方后，柳田挂了电话。

看了一眼手表，刚过二十二点，现在暑假补习班好多也都会上到深夜。这个时间对如今的孩子们来说也并不算晚，虽然这个小镇的治安比较让人放心，但还是不能心存侥幸。

吃晚饭的时候，难得早回家的父亲看到璃久又准备一个人拿速食杯面吃，顿时气不打一处来，就算再怎么逼问他原因，他也不好好回答。气得大发雷霆的父亲强迫璃久看了一个长期食用垃圾快餐的人的视频。

看完视频后，璃久受了很大刺激，夺门而出后到现在都没回家。

“不管怎么打他手机，他都不接。不过，这也难怪，那种视频就算大人看了都会受不了。”

璃久的母亲在电话里唉声叹气地说道。

“我听了老师您的建议，确实没有去过多地干涉他。可是，我丈夫偶尔早回来那么一次，却做了多余的事情，弄巧成拙……”

以前就听说，在贸易公司上班的璃久父亲因为平时出差和加班任务繁重，很少抽得出时间来陪他。对着偶尔见面的儿子一紧张就摆出一副“听好，我是你父亲”的强势态度，到头来效果却适得其反，柳田也不是完全不能理解做父亲的那种焦虑的心情。

想要去做点儿什么却让你不要过多去干涉，可真的放任自流什么都不管不问又会被周围人责难，去干涉了又因为做了多余的事情弄巧成拙而被骂，父亲这个角色实在是让人苦不堪言。全职奶爸将越来越被推崇，从今往后也许会跟现在大不相同吧。但如今在一起相处的时间往往都比较有限的父子之间，比母子之间要更加难于把控距离。

眼前浮现出璃久父亲正在附近街巷里四处找儿子的背影，柳田不由得联想到在家里已经没有容身之处的自己，一股同情之心油然而生。

同情归同情，东京夏天这闷热难耐的酷暑却让他备受煎熬。可能也因为自己平时都不做运动，稍微小跑一会儿，全身就大汗淋漓。

问题是，还有不管是家宅也好、办公室也好都开足马力的空调。从室外机喷射出的热风沉淀在没有通气性的柏油马路上，到了深夜，温度也无法降下去丝毫。

一天下来，感官早已被躲在某个公园里热坏了的“知了知了”地叫个不停的可怜鸣蝉们吵得烦闷不已。

仰着头气喘吁吁地爬上坡道后，柳田终于看到了校园的大门。

柳田从小门进入学校，打着手电筒挨个儿教室一间一间地确认。

明明已经非常熟悉的教室到了晚上又呈现出了不一样的气氛。

学校的鬼故事——虽然他心里并不相信这种东西的存在。

可一个人在毫无人气、漆黑一片的房间里巡视，实在不是一件能让人觉得心旷神怡的好差事。

倒也并不是因为心里害怕，只是感觉有些不舒服罢了。

柳田自言自语地嘀咕着，慢慢爬上楼梯。

真是的……那个初一小鬼头要真是在这里的话，就拜托赶紧给我滚出来……

看来暑假结束后，绝对要跟教务主任提议，导入安全防盗系统了。

迄今为止，已经有好几个因为离家出走或是恶作剧什么的，大半夜偷偷摸到学校里来的学生。是时候动真格，好好想想对策了。

巡视完初一年级的教室后，柳田突然若有所思，转而向社团活动室走去。

生物社团的活动室在理科教师的隔壁。

“喂，三桥，你在吗？”

刚打开教室的门，柳田就感到脚底发软。

巨大的光滑爪蟾睡眼惺忪地趴在水槽里面，在黑暗中发出幽幽的青色光芒。

“哇啊——！”

情急之下，他还以为是以前一直用来做解剖实验的青蛙来找他复仇了。

实际上，青色光芒的发光源是水槽对面的手机显示屏幕。

水槽对面，璃久被柳田的大声尖叫吓坏了，紧抓着手机一动不动。

“三桥，你别吓唬我啊。”

听到柳田夹杂着叹气声的嘟囔，璃久弯下细细的脖子垂在胸前，看来他受到的惊吓反而比自己更大一些。

柳田和璃久一起来到校内操场，正巧一弯上弦月悬在天穹。睡糊涂的鸣蝉的叫声远远地还能传到操场这里。

在柳田用手机联系璃久母亲的时候，他始终在一边低垂着脑袋。

光看他这个样子，倒也不觉得他有很强的反抗或抑郁情绪。小个子的璃久虽然看上去不大精神，其实还是一个性格爽朗的孩子。

“好了，回家吧。”

柳田打完电话后，他也老老实实地跟在后面。

可就在此时，突然传来“咕噜噜——”的声音。

回头一看，发现璃久满面通红，双手抱着肚子。

从晚饭时逃出家后，他基本上还没吃任何东西，肚子应该已经相当饿了。

才刚这么一想，柳田的肚子也叫了。

其实除了皮蛋豆腐，自己也是什么都还没吃呢。

“找地方吃点儿东西吧。”

柳田这么一提议，璃久的头垂得更低，也不回答。

“怎么了？想吃什么我请客。”

“那……我想吃麦当劳，或是便利店的饭团……”

就知道他会这么说。

柳田突然灵光一闪。

“那要不咱们去我认识的店里吃吧？”

“欸？”

璃久抬头一脸不安地看过来。

“可是，我不想吃普通饭店的饭菜……”

“那家店绝不普通。”

柳田斩钉截铁地断言道。

“别废话了，跟我去看看吧，很有趣的地方哦，只是……”柳田把手放在璃久的肩膀上，叮嘱道，“这件事绝对不要跟你妈妈讲。”

也可能是最后的这句话刺激到了他的好奇心，璃久乖乖地跟着柳田走了。

“欢迎光——临！”

门开后，刚看到从里面出来的人影，璃久就半张着嘴，僵在原地一动不动。

“哎——呀，今天还带了个可爱的小客人一起来呢。你好呀，我叫查尔。”

查尔注意到璃久，随即晃动着亮粉色的波波头假发，绽放出满脸的笑容。

今天，查尔的脖子上围了带波纹饰边的丝巾，身上穿着一件装饰有鲜绿色蜂鸟印花图案的黑色晚礼裙。

“你觉得怎么样？今天这件裙子，我穿上之后像不像《仲夏夜之梦》里的美达利女王？”

“谁管你啊！”

虽然看着眼前这个人故作娇态的模样，柳田很是无语，但他立马被屋子里飘来的香浓饭菜味给吸引了过去。

“这味道闻着怎么这么香啊？”

“你们来得真巧。今天做了好多预防夏天酷暑乏力的糙米大蒜和蔬菜的烤串，还为年纪小的孩子们做了放有红粘谷子的比萨。来，快进来，快进来！”

柳田和璃久换上柔软的拖鞋，进到屋内。

“这孩子就是上次说的那位？”

查尔转过身，在柳田耳边悄声问道。

“我就是想过来试试刺激性疗法。”

“真是的，什么刺激性疗法嘛，说话真难听。”

查尔动作豪放地撩开晚礼裙的裙角，走进柜台深处。

柳田走到平时坐惯的柜台座上坐了下来。

璃久却仍然沉浸在长这么大第一次和“女装男人”亲密接触的冲击里，久久不能自拔。

“放心，那是人，不会把你抓去吃掉的。”

璃久怯生生地环顾房间四周。

在间接照明下昏暗朦胧的室内流淌着长笛和竖琴的协奏曲，柜台上的烛台里，蜡烛的火焰优雅地翩翩起舞。

这种气氛简直就像置身于魔法之国的洞窟里一样，璃久的好奇心也似乎渐渐地被勾了出来。

“哎呀，中学男生！”

可就在下一个瞬间，柳田背后毫无防备地被人猛打了一下，差点儿从凳子上摔下去。

糟糕，完全把这家伙的存在给忘了。

但是，为时已晚。

刚准备摆好架势，嘉达已经把璃久紧紧抱在怀里了。

“喂！你赶紧给我放开那个学生！”

“怎么了嘛，我又不是正太控。”

“我管你是不是，赶紧放开！”

璃久被整个状况吓得连话都说不出来，柳田赶忙把嘉达从他身边拉开。

“真是的，简直是一秒钟都不让人省心。”

“哎呀，只不过打个招呼而已嘛，对吧？”

嘉达说着，转头想要寻求璃久的同意，便再次把脸凑过去。

看到接二连三的女装男人横在自己眼前，璃久吃惊地睁大了眼睛。

“话说回来，快看我，觉得怎么样？今天可是按照《仲夏夜之梦》里的帕克来打扮的哦。”

嘉达在平时一直戴的大红色假发上又套了一顶绿色带羽毛装饰的帽子，在他俩跟前秀着姿态。

都说了，谁管你们啊！

柳田在自己的心里狠劲儿吐槽着，身旁的璃久却突然出声道：“琉璃闪星天牛虫！”

手指着嘉达胸前别着的胸针。

宝石蓝色的翅膀上有三个黑色斑点，看模样是只很漂亮的甲虫。

“是那种虫子的名字？”

“对。在日本的杂树丛里比较容易找到，也算是高颜值昆虫的代表了。白桦树或是橡树等阔叶林里经常能看到，名为罗莎莉亚还有美丽少女的意思。”

“哎呀——这不说的就是我嘛！你知道的还真不少呢！”

嘉达兴奋地说道。

“不过琉璃闪星天牛虫那漂亮的宝石蓝颜色，只在活着的时候才会有，死后过不了多久就会变成红褐色，没法做成标本。听说就因为无法保留那份美丽，所以才会经常被做成各种首饰装饰品。”

面对穿着一身类似小飞侠那样奇怪打扮的人，璃久不但没有丝毫胆怯，还口齿伶俐能说会道。

真不愧是生物社团的，柳田内心深感佩服。

“等等，太厉害了。这孩子该不会是‘虫博士’吧？”

嘉达口中的“虫博士”似乎是对他最大的赞词，璃久立马满面生辉，一改刚才那副始终瞪大眼睛一脸吃惊的表情。

有自己喜好的孩子，会更加强大。

柳田悄悄地在一旁盯着璃久那张突然之间生气勃勃的侧脸。

不像大人的世界里有那么多顾虑和约束，孩子只要看到自己喜爱的事物，轻而易举就能跨过警戒线。

在做游泳社团顾问老师的时候，柳田感受过很多次这样的瞬间。

就算原本是需要经过慎重考虑的事件，但在“喜爱”的驱使下，孩子们很容易就能打破社会的一般常识。

“那正好，能稍微过来下吗？帮忙看看这里的图案，其实现在接了一批订单——需要特别订做成昆虫花纹式样的裙子。好好了解一下真实生态的话，说不定更能激发创作灵感呢。”

眨眼之间璃久就被拉进做针线活儿的房间里，围绕在一大群人中间，他的脸上却没有丝毫不适，反而充满活力，开始逐个儿为他们解释说明：“这是鹤顶粉蝶，这是碧翠晏蜓。”

“哎呀哎呀，‘虫博士’在搞公开讲座啊。”

查尔拿着托盘出现。

房间里充满了能够刺激食欲的大蒜味，柳田终于想起了自己早已空荡荡的肚子，突然间，胃里响彻出空前的咕噜声。

回过头来的璃久看上去似乎也很用力地吞了一口口水。

虽然如此……

“我不需要。”

查尔把料理摆放到桌子上时，璃久依旧语调生硬地拒绝道。

“欸，为什么呀？大蒜糙米饭不喜欢吃？那红粘谷子比萨可以吃吗？”

“那个也……不需要。”

整个房间，因为璃久固执的回答一下子变得悄然无声。

“不要这样嘛，‘虫博士’。大姐做的料理营养又丰富，味道也超级好哦，不吃的话会很可惜的。”

虽然嘉达试着打圆场，但璃久还是不给任何回应。

“况且，像你这么大的年纪，现在不好好吃饭的话，长大真的会后悔哦。”

“你要这么说的话，那些没法好好吃饭的人又会怎么样呢？”

之前都很乖巧温顺的璃久突然脸色一变，猛地抬起头。

面对他突然的质问，嘉达和柳田只好把嘴边的话吞下肚子。

尴尬的沉默回荡在蒜香浓郁的房间里。

“如果不想吃的话也不用勉强啦。”

最后，查尔温婉地说道。

璃久站起身，走出针线房。柳田慌忙追了出去。

“喂，三桥！”

来到店外，璃久连头也不回，只顾向前走着。

刚刚明明给人感觉还那么率真懂事，一谈到吃东西，他立马就脾性大变，这到底是怎么一回事呢？柳田此刻深切体会到了璃久母亲的困惑和忧虑。

没办法，柳田只能在商业街的便利店里买了饭团。

“我说你啊，老实跟我说，心里其实很想吃的吧？”

璃久对这个问题完全不理不睬，撕开外面的塑料包装，啃起了饭团。干海苔在他嘴里发出“吧唧吧唧”的声音。

“话说回来，你上次在社团集训的时候不是也和大家一起吃饭了吗？你的意思是自己动手做的饭菜就没问题？”

他仍旧不回答。

解释昆虫时那侃侃而谈的样子就像是一种假象，璃久把自己紧紧裹在了蛹壳里。

柳田叹了口气，只好放弃追问。

回家的路上，璃久默不作声，只是一个劲儿地吃着饭团。

把璃久送回家后，柳田又回到了“MAKAN MALAM”。

“究竟是怎么回事呢？”

他一边皱起眉头轻声嘟囔，一边大口咬着从柜台内重新端上来的烤串。

在特制的花草油里浸泡了一个晚上，再放入烤箱烤制而成的烤串，虽然都是蔬菜，却有着意想不到的风味和分量。

切得厚实的红辣椒味道甘甜，大块的蘑菇弹性十足，表面稍稍烤到微焦的马铃薯，咬在嘴里松软热乎。还有插满了玉米、茄子和青椒的烤串，颜色鲜艳丰富，光看着都觉得赏心悦目。

查尔做的料理使用的动物性蛋白质都是最少限度的，平时大多数情况下柳田都会觉得有些不够吃。但真要品尝起来，还是能在其中品味到别家店所没有的特别风味。

最关键的是，就算吃得再多也不会给肠胃造成负担，虽然说出来有点不文雅，第二天的排泄也很顺畅。这样的料理如果每天都坚持吃的话，也许就不会被女儿每天早上吐槽“我才不要上爸爸用过的厕所”了吧。

“不过，还是个挺不错的孩子。”

柳田把香喷喷的大蒜糙米饭舀进嘴里，查尔从柜台里面冲他说道。

“还行吧。”

虽然不能说便利店的饭团难吃，不过，南瓜子和松子咬在嘴里那种美妙有趣的颗粒感，真想让璃久也尝一尝啊。

“听说那家伙在社团集训的时候和其他孩子一起吃饭呢。”

“吃了什么？”

“说是咖喱和猪肉酱汤。”

柳田说完，查尔摆出一副陷入深思的表情。

在烛光摇曳的柜台深处长时间默不作声，再加上他那一身黑夜中展翅蜂鸟印花图案晚礼裙的效果，查尔看上去真的就像妖精之国的女王一样。

“你知道什么了吗？”

“怎么可能，哪会这么简单就想明白啊？”

那笑容在昏暗火焰的阴影下显得异常恐怖。收回前言。不是妖精，应该是妖怪之国。

“不过，中学生还真的是什么都写在脸上呢。”

听到他这般感慨，柳田停下手中正在盛大蒜糙米饭的勺子。

突然间，仿佛感觉早就是身患代谢综合征的中年大叔的自己和眼前这位不光是年龄就连性别都扑朔迷离的“异装皇后”老朋友，一起经历时光倒退，成了身穿相同制服的少年郎。

与经历过中考筛选过后的高中生不同，还没有学会隐藏和收敛内心各种想法的中学生确实什么都写在脸上。

就连如今绝对不参加没有胜算把握的比赛的自己，以前也参加过学生会会长的竞选。因为单就成绩来说，自己还是颇有自信的，虽然那个位置并不适合自己，但当时头脑一热就想尝试一下。

而且……刚巧心里有点儿在意的女同学也在学生会里，这也是一大主要原因。但二年级上半学期和下半学期、三年级的上半学期，三次参选，三次都被同一个候选人给打败了。

而那个对手就是眼前这个在当时不光文武双全，连长相都英俊迷人的——御厨清纯。

想起站在成为学生会会长获得万人拥戴的御厨那挺拔的身影旁边，有着一头黑色长直发的少女，虽然已时隔三十多年，可他到现在心里依旧隐隐作痛。

而现在，御厨这家伙居然还如此堂而皇之地做着异装癖……

让人越想越来气。

“现在回想起来真是好怀念啊。那个时候，我们身边也发生过很多事情呢。”

“我可不记得了！”

柳田立马抬高声音回道。

“是吗，我倒是都记得。当时，一中有一幢走廊很黑很亮的木造教学楼，校园后院里的樟树长得可茂盛了。对了，学生会会长选举那会儿，你——”

“别说了，那么久以前的事情，我全都忘了。”

柳田决绝地把话打断，开始狼吞虎咽地吃大蒜糙米饭。

“比起那个，快上茶，上茶，快给我餐后茶。”

把一扫而空的碟子推到柜台边上，查尔露出一抹寂寥的微笑站起身。

现在的一中早就没有木造教学楼了，重建教学楼的时候，樟树也被砍掉了。

而且，现在的我们，也早已不再是无忧无虑的少年了。

“没有一样事物是亘古不变的。现在的一中基本上已经和我们在的那会儿完全不一样了。再加上现在的熊孩子都很软弱，实在是让人无所适从。”

柳田像是自暴自弃一般牢骚宣泄而出，查尔把盛有茶水的詹格拉花纹陶瓷杯端上柜台，除此之外还有一个小碗，里面装着刚出蒸炉、表面加了细滑豆沙馅的糯小米。

“这是糯小米的善哉[①]，能缓解阳气过盛患者的压力。”

豆沙馅的红黑色和黍米的金黄色在眼前相映成趣。

“……不过，真的是那样吗？”

“啊？”

“现在的孩子，真的和我们当年完全不一样了吗？”

查尔一脸严肃，直直地看向自己，柳田被他问得一时间竟无言以对。

“那当然。现在和我们那个时候相比，已经完全不是一个年代

① 加了年糕片的红豆甜汤，是一种日本的甜点。

了嘛。”

他最后还是冷笑一声，如此说道。

查尔似乎想要说些什么，但最终还是微微一笑，再次站起身，撩起晚礼裙的裙角，走进柜台深处，消失在了厨房里。

留下柳田一个人，用木勺子挖了一勺闪烁着耀眼金黄色的糯小米放进嘴里。滑腻的红豆馅和筋道十足的糯小米仿佛像要在舌尖融化一般。

正陶醉于这自然的甘甜中时，柜台厨房里面突然传来声音柔和的一句话：

“近期之内，再把那孩子带过来玩玩吧。”

自那之后差不多过了一星期，某个黄昏，柳田很难得地早早结束工作，正走在商业街内，突然看到璃久蹲坐在补习班的门口。

他单手玩着手机，吃着面包，看样子像是在很认真地在阅读聊天信息或是其他什么东西。发现柳田后，他立马关上手机软件，把手机藏到背后。

“又在吃这种东西……”

瞥了一眼他吃到一半的面包，柳田皱起眉头。

“你妈妈很担心你啊。”

璃久把头别向一边。

“不光是你妈妈，你的班主任久保老师也是，一直都在关心你。”

“我……有好好吃饭。”

“你的意思是让我们不要管？”

璃久低下头，保持沉默。

商业街那一头的云朵，被染上绚丽的蔷薇色。夏天的云雪白且厚重，在夕阳的映照下非常漂亮。

柳田低头看了璃久一会儿，最后长长地叹了一口气。

“算了，我无所谓了。”

忽然间，脑海里回想起查尔嘱咐过让他再把璃久带过去玩玩。

“对了，现在你想不想再去老师朋友的店里坐坐？”

“欸？”

璃久带着困惑的眼神回看柳田。

那双眼睛里，藏着一丝明明害怕却好奇的想法，这一点柳田绝对不会看错。

“昆虫图案的裙子可能已经做好了哦。”

为确保计划得逞，他又加了一句话，璃久听后一下子站起身来。

真是太好骗了，你这初一小鬼。

“别忘了跟你妈妈发个消息说你要和老师一起去吃饭哦。”

“我……已经吃过了，吃饭就不需要了。”

糟了，这着棋出错了。

“不吃东西也可以。不过，那家店很有意思吧？”

为了避免节外生枝，柳田姑且叮嘱妥当。

“但是，绝对不能跟你妈妈说那是什么店，知道吗？”

不要对父母说。

这句话对于中学生来讲，说不定就是一种绝妙的迷魂汤。

璃久的两眼顿时闪闪发亮，最终还是和上次一样乖乖地跟着柳田走了。

时间还早，“MAKAN MALAM”的招牌还没有挂出来。院子里的山茱萸树干上，鸣鸣蝉带着浓浓鼻音“知了知了”地叫着。

按下门铃后，伴随着一如既往的醇厚嗓音“马上来——”，门后露出来一个头上裹着印花大手帕的修长身影。

站在身后的璃久看到查尔脖子上围了丝巾，只在牛仔衬衫和牛仔裤上围了一条围裙的轻便装束，惊得目瞪口呆。也许，璃久还真的是到现在才终于发现查尔其实是个男人吧。

“哎哟！你们来得真是要多巧有多巧。”

眼神看向柳田背后的璃久，查尔合起双手说道。

突然，空气中飘来一些细小的粉尘。仔细看的话，围裙上也好，下巴上残留的胡楂儿上也好，都沾了一些白色的粉末。

“其实啊，我现在正好在准备一道料理，希望你们能够尝尝看。来吧，快进来，快进来！”

查尔催促着，把柳田和璃久领进柜台后面的厨房内。

才刚踏进厨房，香辛料的味道就刺激着鼻腔。

那股味道是从瓦斯灶台上面放着的两个圆柱形深底锅里传来的——

毫无疑问，就是咖喱。

撒满扑粉的砧板上，有像是黄色黏土的一坨东西。

把黏土一分为二后，查尔扯着粗犷的嗓子大叫一声后，又把黏土扣回砧板上。

“嘿啊——！”

在反复摔打和揉搓的作用下，渐渐地，黏土变得光滑起来。

柳田和璃久都被查尔那魄力十足的手法给吓到了，怯生生地退到一旁，看呆了。最后，查尔手里捧着表面已经完全变光滑的黏土回过身来看向他俩。

“我说，能稍微过来搭把手吗？这个还挺需要力气的。你看，我人如其表，身体柔弱使不上劲儿呢。”

你柔弱个鬼啊！

对着到现在还在那儿卖弄矫情的查尔，柳田摆出无比厌恶的表情，但身旁的璃久却走上前去。

“好啊，没问题。”

什么？！

璃久非常自然地站在查尔旁边，手上接过另外一个表面还有许多小疙瘩的黄色黏土。紧接着——

“嘿、嘿、嘿啊——！”

于是，两个人一边高声呐喊着，一边开始摔黏土的大工程。

搞什么啊？

被撂在一旁莫名其妙的柳田麻利地撤离厨房，坐回一直坐的柜台座位上，老老实实地等那此起彼伏的嘶吼声结束。

没过多久，满身粉尘的查尔和璃久带着满脸的笑容从厨房里走了出来。

这么看上去，璃久确实就像一个天真无邪的中学一年级的小鬼。

“怎么了？摔黏土游戏结束了吗？”

“哎呀，讨厌！我们才不是在玩呢，真没礼貌。不像那样卖力揉搓的话，会发酵不到位的，接下来就等它发酵了。来，我们去喝点儿茶吧。今天要不要加一点儿豆蔻粉试试看？”

查尔在柳田一直用的詹格拉花纹的陶瓷杯里倒上热茶，璃久好像对喝茶没有任何抵触，也一起接过茶杯。这茶带着自然的甜味，却又有一股辛辣味。

“请问……”茶喝到一半，璃久缓缓地开口问道，“查尔先生是从什么时候开始做异装癖的呢？”

问得如此简单直白，惊得柳田含在嘴里的茶水差一点儿就喷了出去。

“这个嘛……还挺难回答的呢。”查尔看不出一丝动摇，眼神直接地望着璃久，“像我们这种穿着打扮和言行举止都与自己本身性别不相符的人，是没法一概而论的。比如说，有些人从记事起没多久，就开始对自己的性别产生疑惑，虽然我并不是那样的。”

查尔从柜台后面的柜子里拿出孔雀羽的扇子，在胸前动作优雅地摇扇。

“其实啊，我和这位老师以前是同学。我俩和你一样，读的也是一中。”

“欸……”

璃久吃惊地睁大了眼睛。

“那……从那个时候开始就是异装癖了吗？”

“你可以问问那位老师哦。”

璃久满脸好奇地回过头来，柳田只能苦笑着摇了摇头。

"当时他还很正常。"

其实也一点儿都不正常。学习和体育两方面对他来说都轻而易举，不管在男生还是女生中间都有着超高的人气。当年明知不适合却年轻气盛头脑发热的自己，一次都没有赢过他。

"还做过学生会会长呢。"

"哎呀，你这不是都记得吗？那个时候，我和这位老师啊……"

"我才不记得了呢。"

柳田急忙拦住他差点儿冲出口的后半句。

"那是什么时候变成异装癖的呢？"

听到璃久这么问，查尔又开始摇动手中的扇子。

"我啊，其实很晚才变成这样的。跟大家一样大学毕业后普普通通地进了公司上班，不过我到现在也不是很清楚什么算普通，什么又算不普通。"

查尔嘴角露出微笑。

"我们步入社会的时候正好是现在所说的泡沫经济时期。当时的社会疯狂到什么程度，如今的你们可能很难想象，真的很厉害哦。那个时候我在证券公司上班，一个晚上简简单单地就能周转上亿元的资金。总觉得，大家都头脑发热，像是失了心智一样。我也是，拼命干活，也狠劲儿玩乐过。"

不知不觉间，连柳田也开始专心听起查尔的讲述来。

这个男人见过的世面跟当本地中学老师的自己相比，真可以说是天壤之别啊。

"不过，某个时候我突然察觉到，不管做什么自己都无法得到满足感，不管做什么都无法得到愉悦感。可是又不知道到底应该怎么办，因为……”

他摘下头巾，粉红色的波波头假发露了出来。

“如果戴着这顶假发去公司的话，你觉得会怎样？”

“会被嘲笑？”

璃久略带顾虑地回答道，查尔却摇了摇头。

“如果只是被嘲笑的话，还算客气的了。在当时，也许还会被赶出公司吧。所以，感觉非常苦恼。”

看着认真安静地聆听查尔说话的璃久，柳田突然间觉得自己好像明白查尔要求他把璃久带到店里来的理由了。

虽然嘴上故意讽刺地说什么“刺激性疗法”，但其实并没有如此简单。

查尔有一种不可思议的、能让人深深被其吸引的感染力。不管任何时候，他只要站在那边，所有人都会驻足倾听他的声音。

自己以前总认为，是因为他长得英俊，给人印象比较好，又是优等生。

可就算他现在成为异装癖之后，这份感染力仍旧没有丝毫改变。

这个身穿晚礼裙、化着大浓妆的中年男人，一面白天经营时装店，一面晚上还开着深夜咖啡店，不知不觉间就招揽了许多熟客。

柳田感觉现在好像慢慢能窥探到这个秘密的答案了。

查尔对待任何人，态度都始终不会改变。不管对方是同年的柳田，还是像璃久这种和小学生一样半斤八两的初一小鬼。

他总会把自己的想法用自己的话语坦率地表达出来。

这一点连老师基本上都很难做到。

想去相信却还是会怀疑孩子们的理解能力，习惯性地去窥伺和观察站在他们身后的家长的脸色。因此，从嘴里说出来的东西，也全都是些无可非议、不痛不痒的场面话。

要让成天只将场面话挂在嘴边的大人从孩子那里问出他们的真心话，能成功才怪。

“即使如此，到了可以说是人生过半的岁数，心里就开始想，真的打算就这样一直过下去了吗？就算被赶出去也好，被嘲笑辱骂也好，我还是决定做回自己真正的样子。”

“于是，就把这个戴上了啊？”

“没错。”

“公司呢？”

“当然，班也不去上了，和一直以来关系都还不错的朋友也都断了往来，给家里面也添了很大的麻烦。”

看着陷入沉思的璃久，查尔露出温柔的笑容。

“不过我本来就很喜欢针线活儿和料理，所以现在能够将这个作为自己的工作，我真的感到很幸福呢。当然，也失去了许多东西，更不能像以前那样挥金如土，不过，也还是有不少其他令人开心的事，还交了很多新朋友呢。而且，还有像这位老师一样，以前的朋友在啊。”

“才不是什么朋友呢，只是普通的旧相识。”

柳田在旁边突然插嘴打断，查尔完全不在意，重新戴上头巾。

“好了。差不多也应该发酵好了，我们开始今天的大餐的最后一道准备工序吧。你肯定会来帮忙的吧？”

璃久没有立马站起身，一直在思考着什么。

“做异装癖……还挺不容易的呢。”

听到璃久叹着气这么说道，查尔嘴角露出微笑。

“哎呀，不光只是我不容易啊，老师也是，你也是，大家都很不容易啊。”

查尔双手交叉在胸前，低头看着微微睁大眼睛的璃久。

“还有一点要纠正，我呢，并不是什么异装癖，而是品位高尚的‘异装皇后’哦。这点一定要给我记在心里哦。”

查尔朝愣在那里的璃久抛了个媚眼，向厨房走去。

“不错，膨胀得恰到好处。”

厨房的砧板上，刚才查尔和璃久使劲儿又摔又拍的黄色黏土胀成了一个又大又圆的球。

之后，连柳田也在查尔的指示下，一起帮忙把深底锅里的咖喱包到分成若干小块的黏土里。

上手之后就像在上手工课一样，感觉还挺有趣的。璃久也专心致志地把黄色黏土揉圆。

最后把整好形状的黏土摆放在铁板上，放进烤箱里烤至表面微微上色。

全部完成后，闪耀着诱人金黄色的咖喱面包跃然眼前。

“这个冷了之后虽然也很美味，但能够吃到刚出炉的，是料理师本人的特权哦。好了，快趁热吃吧。”

柳田二话不说已经拿着吃了起来，而璃久却只是一直盯着查尔用纸巾包好递给他的那一个。

“怎么了？里面是咖喱哦。”

查尔柔声催促道。

“这个皮用的其实是剩饭。这个是加了点儿姜黄的米面包哦，所以要揉均匀很费力呢，是MAKAN MALAM特制的金黄米面包。”

璃久把刚出炉的面包从中间一掰为二，糯软弹乎的皮里面包着的是冒着腾腾热气的大肉块和咖喱。

“噢，咋回事，他的那个里面居然还有肉？！”

“对啊，有一个深底锅里煮的咖喱是放了肉的。毕竟对孩子来说，动物性蛋白质是人体必需的嘛。”

“怎么这样，我也要那个有肉的。”

“你的话，少吃点儿动物性蛋白质会比较好哦，乖乖吃你的那个鹰嘴豆咖喱馅的吧。”

在柳田和查尔你一言我一语的时候，璃久咬了一口松软的面包。

噢，他吃了！

“味道，完全不一样……”

璃久对着不由得看向自己的柳田发出叹息一般的惊讶。

“这个嘛，那是当然咯。”

查尔把手叉在腰间。

“只要不是速食品，不同的人做的东西，就算同样是咖喱也能做出一百种不同的味道呢。我和你的烦人老师虽说以前是同学，还穿过同样的校服，但现在完全不一样吧？和这个是一个道理。”

璃久又吃了两口面包。

“真好吃。”

这也许是下意识的感叹。

接着，他马上又难为情地追加了一句：

“因为这只是咖喱，所以……”

那语气就像是在找什么理由说给自己听一样。

柳田偷偷地和查尔对视了一眼。

第二天，趁璃久去上暑假补习班的时候，柳田把智子和璃久的母亲叫到了接待室。

他说了昨天一起吃饭的时候，璃久好像吐露出类似“如果是咖喱就没问题”的话，璃久母亲的脸色一下子就变了。

“咖喱……吗……”

“您是不是想到了什么？”

看到柳田和智子一齐探出身子，璃久的母亲微微点了点头。

璃久他们一家子因为父亲的工作调动，在仙台的宫城野区内生活过一年左右。

“正好，在那个时候发生了地震。”

地震过后，宫城野区内也受到影响，又停电又停水，在那期间，璃久他们家每天都去公民馆接受赈济灾民的配给餐。

“生活基础设施恢复以后，时不时也还是会有计划地停电，汽油也还没有，附近的超市也缺货严重，结果还是只能继续依靠公民馆的灾民配给餐过活。

“不过，那里提供的食物，每天不是咖喱就是猪肉酱汤，到后来连看见都觉得厌烦恶心了。

“所以，我们家这几年都不再做咖喱吃了，先不说璃久，主要是我丈夫不想吃……”

璃久的母亲用她纤细的手指抚着脸颊，不安地看向柳田和智子。

“这么说起来……”

智子拿出日志翻看起来。

“班会课上，在班级里和他们一起看过一部叫《进展缓慢的灾区重建》的纪录片。”

智子飞快地翻页，扫视着日志内容。

“喏，现在因为东京奥运会的准备工作，人手都被占用了。受灾地区重建用的建筑资材和承包商不是都出现严重不足的情况吗？”

那段录像的内容，柳田也都记得。

多亏奥林匹克运动会这个举国上下都极其重视的大事件，各地方都市的知事们拼尽全力在为寻找厂商和资材奔走交涉。可是，这工作既费时又费力，再加上报酬偏低的建筑工地很少有承包商肯承包下来。在那部片子里，能看到许多高龄老人到现在还住在隔壁的声音能听得一清二楚、狭窄破旧的临时房里。

“找到了！是在六月份最后一周的班会课上。”

六月下旬——这也跟璃久开始不吃母亲做的饭菜的时间相吻合。

柳田分别与智子和璃久的母亲交换了眼神。

看来，璃久在看了那部片子后，心里也许产生了某种想法。

“不过，我们住的地方是仙台市，当时应该也没有认识的朋友住在临时救济房的区域啊。”

母亲显得有些混乱，看向日志。

“那个片子里的临时救济房如果是在宫城县的话，应该是在气仙沼市、石卷市、南三陆町、女川町。”

“住在这些地区的熟人，包括我丈夫认识的人在内，我印象里应该是没有……”

正当智子和璃久的母亲凑在桌子上商量时，柳田胸前口袋里的手机振动了。

瞟了一眼后，发现是璃久打来的。

“抱歉。”

心里突然有种不祥的预感，柳田向智子她们使了个眼神后，走出接待室。

来到走廊里，刚按下通话键，璃久急得走投无路般的声音直击柳田的耳膜。

“老师，查尔先生昏倒了！”

柳田飞奔了起来。

飞奔下坡道，他拨开商业街的人群，拖曳着沉重的身体，上气不接下气，即使如此仍然用尽全身的力量向前迈出脚步。

查尔——御厨清纯，身患重疾，而且现在，也依旧在与病魔斗争着。

一直戴着的那顶亮粉色假发下面，头发基本上都已经掉光，那都是拜抗癌药物治疗所赐。

御厨把到目前为止的一切都舍弃，在以“查尔”这个全新的身份活下去的背景里，竟然有着如此残酷的事实。

之前，柳田冲他吼道“以后不许再出现在我面前”的时候，查尔默默地摘下假发。

这是我最后的愿望啊……

看到眼前这位突然变成“异装皇后”的旧交那光秃秃的头顶，柳田在嘴边就要脱口而出的辱骂却再也没能说出口。

穿过狭窄的小路，山茱萸枝繁叶茂的庭院里，像跳蚤市场一样摆满了华丽花哨的衣服。注意着脚下堆得到处都是、让人都没处下脚的高跟鞋堆，柳田推开了厚重的木质大门。

“三桥，我来了！御厨，你没事吧？”

看情况，他随时做好了叫救护车的准备。

可是从屋子里面走出来的不是璃久，而是一位穿着水蓝色制服、戴着帽子的陌生男子。

“人民教师，你好呀！”

听那语调，柳田才发现原来是嘉达。

确实，听说他平时做的是物流快递的工作。

“御厨他没事吧？”

“嗯，正好在送快递就顺便过来看看，发现‘虫博士’在帮忙照料大姐，他现在已经大体稳定下来了。”

进到房间后，他看到查尔胸前盖着披巾躺在沙发上，旁边的璃久一动不动地站在那里。

“三桥！”

“老师！”

璃久突然抬起头，身旁的查尔也缓缓地坐起身子。

“啊，柳田，不好意思啊，害你特意赶过来。我就去医院定期检查了一下，刚回到家，突然就低血糖了，眼前一黑，天旋地转啊。”

像头巾一样把丝巾缠在头上的查尔，看上去脸色有些苍白。

“不过，已经不要紧了。嘉达也过来了。让这孩子担心了呀。”

查尔把手搭在璃久的肩上。

在他们身后，挂着之前嘉达他们在做的绣有昆虫图案式样的裙子。用了大量的亮片和亮珠，忠实地再现了甲虫和蝴蝶富有光泽的磷粉闪闪发光的样子。

这种衣服，到底谁会穿啊？穿去哪里啊？

虽然柳田完全没法理解这类事物，可璃久不管怎样都想看一眼这条裙子最后完成的样子，所以暑假补习班结束后他一个人来到店里，结果发现昏倒在地的查尔。

“真的不要紧了吗？”

“没事了。今天输的药液正好会产生副作用使人有点儿不舒服，再加上我本身血糖值就有些不稳定。”

喝着嘉达泡的茶，和查尔聊着天，旁边的璃久突然肩膀颤抖着说道：

“这实在太不公平了……”

璃久紧咬着嘴唇，低着头。

“明明查尔先生做异装癖……啊，不对，是做那什么皇后已经很不容易了，还要让他得这种病，真是太过分了。”

他紧握茶杯的双手，不停地颤抖着。

“这孩子，心地真好呢……”

查尔轻轻地把璃久颤抖的肩膀抱过来。

“不过，在这个世界上，根本不存在能够脱离一切、获得真正自由的人。不管是谁，要活下去的话，或多或少都需要身负某些包袱的。”

听着查尔柔声说着教诲，柳田突然想起了刚才在接待室里璃久的母亲说过的话。

“喂，三桥，”柳田转向璃久，“你到底是在顾虑着谁，才决定不吃精心准备的好饭好菜的？难道说，你有朋友住在临时救济房里？”

难道说是从东北地区搬回东京这件事本身让他有所顾忌？如果璃久是因为在意这一点的话，那十有八九应该是有好朋友被留在了那里吧。

璃久沉默了良久，终于轻轻点头承认。

“祐太——他还住在临时救济房里。”

“祐太？在仙台上小学时跟你在一起的朋友吗？”

璃久摇了摇头。

“祐太是气仙沼小学的。”

“气仙沼？那你是在哪里和祐太认识的？”

在柳田“排山倒海”的追问下，璃久断断续续地开始讲述。

小学二年级的夏天，璃久和几个同班同学一起参加了去栗驹高原的昆虫采集活动。对璃久来说，这是离开学校和父母的身边，自主参加的第一个活动。不怕生的璃久，在那里认识了许多从其他学校过来的同样爱好昆虫的小学生。祐太就是其中的一个。

因为东北的阔叶树林里有很多在东京看不到的昆虫，所以璃久度过了一段非常愉快的时光。最后到达半山腰那片白桦林里的时候，已经是吃午餐的时间了。欢闹兴奋了一整个上午之后，大家都已经饿到了极点。

“可是，我……那个时候把带去的便当弄翻了。”

在圆木头上坐下后，璃久想打开便当盖子，但用力太猛不小心把整个盒子里面的东西撒在了地上。马上，那些刚才还与自己亲密聊天的同班同学都齐刷刷地撇开了双眼。

周围根本没有任何商店，大家应该都不想因为璃久的冒失而不得不把自己的便当分出去吧。

心里觉得又羞愧，又伤心，又不甘，让璃久突然有种想哭的冲动。

但就在那个时候，有一个少年毫不犹豫地把自己的便当递给了璃久。

“我们一起吃吧！”

那个瞬间，祐太的笑容和分给自己吃的美味便当，璃久现在回想起来就像发生在昨天一样鲜明。

祐太的母亲很擅长做菜。璃久生来只尝过自己母亲做的像炒鸡蛋一样的煎蛋卷，当时是第一次品尝到形状如此漂亮的煎蛋卷，还有照烧青甘鱼和煮得松软可口的百花豆，每样都非常美味。

“以后再见啊！”分别时他和祐太约定了以后一定要再见面。

可结果，从那以后他就没能再和祐太见上面。

因为第二年春天，地震发生后，璃久一家人又搬回了东京。

“其实说实话，来到东京以后，我把祐太的事情都抛在了脑后……”

但在那节班会课上看了那段录像后，之前的事情一下子全部记起来了。

地震刚过去后心里的不安、公民馆那冰冷的床铺、久久无法散去的咖喱味道……

大人们经常会因为供水问题、供餐问题、供气问题等事情发生口角。虽然璃久他们还有家可以回，但宫城野区的沿海一带因为海啸的影响，家里的房子被毁掉一半的也大有人在。大人们万念俱灰的表情和声音让当时还是小学生的璃久浑身战栗不已。

如今看来那里就像是个异度空间般的地方，居然到现在还有人被迫生活在那里。

播放到气仙沼市的视频影像时，他的脑海里立刻浮现出祐太的笑容。

璃久迫不及待地联系了以前在仙台比较要好的同班同学。对于已经成为中学生的璃久来说，有一个简单的方法能让他们彼此取得联系，那就是手机上的免费社交软件——LINE。

反复追溯和查找能找到的一切联络网，终于让璃久得知了祐太最新的近况。

海啸受灾严重的气仙沼市临时救济房的建设和用地安排不过来，一直等着分配的祐太一家最后被转移到了岩手县一关市里的临时救济房里。

远离住惯了的小镇，在不习惯的土地上生活，这些使祐太的母亲患上了“心理疾病”，说是已经到连家务和工作都无法做的地步。

即使如此，LINE上的祐太却非常开朗。收到分别多年的璃久发来的消息，他非常高兴，“集会处那儿也都有灾民配给餐，没事”，还坚强地发来这种消息。

“不过，怎么可能会没事？！”

璃久紧紧地握住双拳。

祐太再也吃不到他母亲亲手做的美味饭菜了。

“怎么可能会没事？！”

“喂，你等一下。”

看着璃久悔恨不已的样子，柳田不由得上前打断。

“就算是这样，也构不成理由要把自己折腾到不吃自己母亲做的饭菜啊。做到这种地步，又有什么意义啊？况且，灾区重建进度缓慢，这都是大人们的责任啊。你们这帮孩子在那里闹来闹去也……哇啊！”

柳田探出身子进行说教，突然间脸上被像是面纱一样的东西蒙住了。原来是查尔把他的披巾丢了过来。

香水味冲击着鼻腔，闻着异装癖的余香，柳田“哕哕哕”地泛起一阵干呕。

“不过，老师的话也有他的道理。”

查尔严肃的声音回响在明亮的房间里。

中庭的院子里，山茱萸圆圆的叶子鲜嫩茂盛地生长着，从那儿射进来的阳光洒满了整个房间。头上缠了头巾、不施脂粉的查尔看上去就像斯芬克斯一样威严庄重。

“听我说，璃久，”查尔郑重地面朝璃久说道，“祐太知道你现在正在这么做吗？”

璃久不作声，摇了摇头。

“我就知道。”微微一笑，查尔继续说道，“那么，你换位站在祐太的立场上想一想呢，如果你知道自己珍贵的朋友在东京做这种事，你会想说些什么？”

查尔轻轻地把手放在始终低着头的璃久的肩上。

“确实，我是异装癖，为此也吃了不少苦头，但就算这样，我也绝对不会想让柳田老师也变成异装癖啊。”

突然间一直沉默到现在的嘉达“哈哈哈”地发出类似抽风一般的笑声。

“这种大叔要是男扮女装的话，反而会让人觉得恶心呢。没人会想要他变啦。”

“你的女装才是，难道你觉得别人就需要了吗？”

“你说什么呢，大叔？要干一架吗？浑蛋！”

嘉达粗暴地扔掉头上的帽子，露出一头板寸的那一瞬间，璃久突然高声大喊道：

“傻瓜！”

柳田和嘉达都吃惊地看着璃久。

“肯定……会这么说吧。”

斗大的泪珠滴落在地板所铺的波斯绒毯上面。

“傻瓜，开什么玩笑……我才不需要你这毫无意义的同情呢！会这么说吧……”

不知不觉间，璃久已经仰头朝向天花板，开始放声痛哭。

八月的最后一周。

柳田和智子、高藤他们一起，带领着一批自愿参加的学生来到祐太所住的临时救济住宅区。

在暑假的末尾，为了策划这一场活动，柳田也是费了一番心血。

提得太突然，暑假作业怎么办呀？除了那个救济住宅区还有其他很多有困难的地方吧？让初一学生去到底有什么意义，反而会给受灾地区添麻烦吧？参加与否是不是会影响到成绩报告？学生的安全有保障吗？……

来自家长们那一个个若去的话就绝对没完没了的抱怨和质问，柳田几乎都是强硬地说服过去了。

自愿参加，全都是个人自由，郑重宣誓这个结果绝对不会对成绩报告产生任何影响。

即使如此，质疑的声音仍旧络绎不绝。

不过，意料之外的是，对柳田的这次强行蛮干，智子和高藤等年轻教师给予了不遗余力的鼎力帮助。柳田也是第一次知道，看上去不大靠谱的他们，一旦自己这边主动表现出一定程度上的热情后，居然会给予超出预期的全力回应。

给人感觉很保守的教务主任居然把校长给说服了，这也让他大吃一惊。

虽说如此，柳田并不否认一直到活动当天为止，自己确实尝尽了各种心酸苦头。

要订购新干线的车票，要安排从车站到救济住宅区的面包车，还要准备午餐……需要他一手操办的事情堆积如山。他也早就有心理准备，与接受志愿者活动的一方肯定会产生一些微妙的温度差。

这么棘手的事情，如果是平时的自己，应该是绝对不会去做的。

然而，明知是徒劳，却想要对祐太的境遇感同身受，因为柳田被璃久的这份纯情给打动并感染了。

就算只是一段短暂的时间，就算只有只言片语也好。

只要触动了深藏在内心的某根琴弦，少年之间就能结下永恒的友谊。

其实柳田在自己的心里也偷偷保有着类似的体会。

勉勉强强总算把一群不守规矩的一年级小鬼全塞进了新干线的车厢里，柳田擦了一把汗。智子开始高声点名。

终于发车的新干线内，柳田远远地看着璃久神情欢快地和坐在他旁边的同年级同学忘我地聊天。这让他不禁回忆起之前固执嘴硬说“都忘记了”的自己中学时期的往事。

二年级的上半学期和下半学期、三年级的上半学期，连续三次竞选学生会会长三次落败，少年时代的柳田内心备受挫折。可是，三年级的下半学期，推荐柳田当学生会会长的，竟然是连续三次打败自己的那个御厨。

他是在拿我开玩笑吧?

一开始他是这么想的。

虽然被分到了同一个班里，但柳田从来没有主动接近过始终是班级中心人物的御厨。两个人之间的交流，可以说是寥寥无几。

尽管如此，他在推荐发言上居然说道：

“柳田是在关键时刻会拿出真本事的男人。”

他的这一句话，感觉原本围绕在自己周围的空气也在不知不觉间产生了变化。

“柳田他肯定是为了成绩报告单好看才来竞选的呗。”

之前像这样对自己冷嘲热讽的同学们看他的眼神也开始产生了微妙的变化。

“而且，还是一旦下定决心后，肯定会做到最后的男人。”

哈啊？是这样吗？

连柳田本人都承认自己的确是冲着成绩报告单去的，但查尔的话不管在以前还是现在都是那么具有说服力。

“御厨这么说的话，应该不会有错的。”

“柳田，也许是个挺能干的家伙呢。”

这些想法渗透进学校的角角落落。

三年级下半学期，柳田终于当上了一中的学生会会长。

他心里暗恋着的那个有一头黑色长直发的副会长却始终倾心于御厨，只有这件事是不管怎样都无济于事的。结果自己就像是被他忽悠上台了一样，对学生会会长的工作还挺积极上心。

“在关键时刻会拿出真本事的男人。”

他的这一句话，深深地留在了柳田的心里。

正因为如此，虽然他现在已变身为柳田心目中无法理解的“查尔”，但他依然还是会频繁地到他店里做客。

虽然自己确实被年少旧友那极富冲击性的女装造型吓得目瞪口呆，但柳田眼中他那抛开之前拥有的一切，坚强地与病魔抗争，努力活出真正自我的样子，至今还是会让他不胜铭感。

在与查尔相遇之后，自己原本不求无功但求无过、不去沾惹无端是非的处世原则，有时候会让他感到很是羞愧。

如果是自己站在被宣告命不久矣的立场上，又究竟会如何看待现在自己这种尽量回避麻烦事的生活方式呢？

“大家还不都是这样的嘛。”到头来真的能像这样破罐子破摔，将错就错下去吗？

柳田回过神时，车窗外绿色盎然的田园风光纵横交错在眼前，智子正在宣读到达受灾地区后的注意事项。

“同学们，大家都听明白了吗？”智子确认道。

初一的小鬼们都精力充沛地回答：“明白了！”“明白了！”

负责带礼物过去的璃久回答的声音也比平时要更加洪亮。

礼物是查尔真传的米面包。

他们把查尔请到家庭料理课堂内，大家一起大声吆喝着“和了面”。注意TPO的、戴了夏日针织帽、穿了斜纹粗布衬衫和牛仔裤到场的御厨清纯，那份帅气依旧还在，家庭料理教师和智子等年轻女老师对他赞不绝口。

“他真的和柳田老师以前是同学吗？”“看上去好年轻啊，长得真俊。”

冷眼旁观着尖起嗓子瞎起劲儿的智子他们，柳田心里默念了三回：“非常遗憾，这家伙的真面目是个异装癖！”

不光是咖喱，那天大家还烤了许多其他包了猪肉酱汤和土豆泥、蛋糊奶油和红豆馅料的面包。

大家下了新干线，坐上面包车，穿过田地，越过山涧，终于到达了临时救济住宅区。久别多年的璃久和祐太互相“噢——”地大喊出声，眨眼之间就跟两只小狗一样开始嬉笑打闹起来。

柳田、智子和高藤看着他们，都露出欣慰的笑容。

欣赏着年轻教师平时在学校里很难见到的丰富表情，柳田的脑海里忽然萌生出想要去试一下教务主任升级考试的念头。

说不定，自己还出人意料地挺合适来指导教育像智子他们这种年轻教师的呢。

毕竟我可是——

在关键时刻会拿出真本事的男人。

好像总是不高兴似的下垂的嘴角，一瞬间露出一抹淡淡的微笑。

话说回来，我可能到现在还在他下的套里呢。

一时间，眼前嬉笑打闹的两个初一小鬼的身后，柳田依稀看到了身患代谢综合征的中年大叔的自己，和身着“蛾子”一样妖艳的晚礼裙的查尔的影子。

不管外表经历了怎样的变化，本质的部分，也许现在和当初并没有多少差别。

这一点，现在的孩子和以前的孩子也一样。

并不是现在的孩子特别软弱。孩子在任何时代都是容易受伤的群体，在处理各种事情时也容易误入歧途。

而且，在很大程度上就算年纪上去了，这种情况也不会有多大改变。

远远看着在救济住宅区内活力十足的学生们高声欢笑的身影，柳田在胸前抱起双臂。

少年们，拿出你们的勇气。

通向真正成熟大人的道路，比你们想象中的要更加漫长和遥远。

CAFE

Chapter 3

世界第一的女王沙拉

兜兜转转，又绕到了同一个地方。

安武樱已经在站前商业街漫无目的地乱晃了近一个小时。

她擦了下额头上渗出的汗水。

都怪自己想得太简单，以为只要靠嘴问个路就能找得到。不管怎么看，这商业街也不像是会有什么与众不同的地方，除了有一所很大的补习学校之外，也看不到能让人眼前一亮的特色商店。放眼望过去，都是清一色普通的快餐店和便利店的看板。

像在这种商业街里，到底要上哪儿去找那家“神秘深夜咖啡店”啊？

每天晚上好多熟客都会不约而同地聚集在店里，网上却没有流露半点儿消息，只在深夜营业的咖啡店。

当时听到关于这家店的消息时，她就立马确信，这将会成为刚刚接下来的“隐秘咖啡店”特辑中的压卷之作。

话说——今年的秋老虎真是热得非同寻常。

樱抬头看向被午后阳光照亮的九月天空。

虽然心里觉得是时候把秋天的衣服拿出来穿了，但考虑到调查取材、东奔西走，只得作罢。对于委托撰稿人来说也根本没闲钱打出租车，全靠自己的双腿。

现在，涔涔的汗水早已湿透了她的前胸和后背。到头来，身上穿的一直都是在专卖店内一次性买了好多件的速干T恤。

突然，樱注意到脚边滚落着一具鸣蝉的尸体。孱弱的腿紧紧蜷缩着，已经被烈日暴晒得近乎干裂。

今年的夏天也终于步入了尾声。

一种寂寞感油然而生。人生中的第二十七个夏天，也并没有什么特别的事情发生。因为盂兰盆节放假前的赶工而四处奔走，最后连假期都没能好好休息，在一如既往的忙忙碌碌中，七月和八月也就这么过去了。

这只鸣蝉，是否穷尽了自己的一生充分讴歌了这个夏天而没有留下一丝遗憾呢？

她怀着感伤的心情凝视着鸣蝉的尸体，却不料蝉尸被后面驶来的自行车一下就碾飞了，在柏油马路上直直地滑行了好远。

顿时，有种连自己的晚夏哀愁都被无情践踏了的感觉，樱狠狠地瞪着驶过的自行车。可是，那个骑在女式自行车上弱不禁风的男人根本就没注意到地上的那只蝉，一副若无其事的表情，远远地骑走了。

午后的艳阳在不知不觉间也开始变成了夕阳。难耐的酷热虽然依旧持续着，但一天的昼长确实在越变越短。

回过神来时，樱发现自己已经走到了商业街的尽头。

再往前的话，都是古旧的独户房或是公寓房了。小弄堂里都是空调的室外机和塑料水桶，感觉完全不像会有商店的样子。

樱看了一眼手机上的时间，叹了一口气。自己还有很多其他要处理的事情，不能再在这里浪费时间了。

搭乘私铁再换乘地铁，樱终于回到了新桥。傍晚的NEW新桥大楼前的广场上挤满了上了年纪的大叔。如果这里是火锅的话，一道大叔版海味烹应该立马就能煮好。

这玩意儿做出来又有谁会去吃呢？

樱一面无语于自己冒出来的奇怪想法，一面走进了乱七八糟地挂满了消费者金融、赛马新闻和香烟广告看板的杂居大楼。

电梯在九楼停下后，出去就是事务所，虽然早已过了下班时间，但基本上大部分的同事都还埋首于一大堆资料间，在电脑前继续坐着。

对于樱他们来说，工作性质本来就比较接近于自由职业，也就没有上下班时间这个概念。

“怎么样了，安武，那个传说中的深夜咖啡店找到了吗？”

在堆积如山的资料对面，少白头的主编问道。每周有三天会在事务所里过夜的主编，他桌子那一带，大家都敬而远之地称为“腐海”。

“情报不是很充足，我会再去找一次的。”

“再去找是可以。”用手里的团扇用力扇着风，主编皱眉道，“要是实在找不到的话，就趁早放弃，想好代替方案交上来，交稿期限可是不会等你的。听好了，干我们这行啊，有工作总比没有好，总在那儿拘泥于质量也不是个办法。”

发了一番牢骚后，主编又回到他那片“腐海”里去了。

不光是主编，周围其他好多人扇团扇的声音也不绝于耳。进入九月，一旦过了十九点后，大楼的管理人就会毫不留情地把空调的电源给切掉。

留下来加班要是碰上残暑，那真是如入炼狱。坐在对面的同事，就穿了一件运动衫坐在电脑前。

樱来到办公桌前，打开了自己的电脑。

打开Outlook，确认积攒了好多的未读邮件。最近的客户，也不好好总结想说的事情，总是毫无顾忌地直接把公司内部的邮件抄送给她。

顾名思义——把事情全扔给你。

连到底从哪里发货都要在邮件的字里行间寻找，这也是一项费时费力的大工程。更过分的是，居然还把无关紧要的邮件也标上重要标旗。

突然感到一阵猛烈的空腹感，樱暂且放开鼠标，伸手翻开回公司路上买来的塑料袋。

几乎连续每天晚上都吃便利店的饭团，所以梅子口味和海带口味很自然地成为每次的必选。并不是说它们的味道有多好，只是吃起来比较方便。

樱盯着电脑屏幕，机械般咀嚼着海带饭团，突然发现混在一大堆的客户邮件里有一封来自母校——某个专科大学发过来的邮件。

刚打开PDF，一张自己满脸笑容的照片突然冒出来，吓得樱不自觉地把还在嘴里嚼的饭团硬吞进肚子。她下意识地环顾四周，还好忙于业务的同事根本就没有多余的时间偷看隔壁桌上电脑里的内容。

照片最上面“欢迎，前辈”的标题晃来晃去。

看来，真不应该接下宣传杂志采访这档子事情，樱感到有些后悔。

被留在学校教务部的以前的前辈再三拜托，她不好意思拒绝。

樱毕业的这所大众传媒系专科学院坐落于涉谷最好的地段，配有镶着玻璃窗的高层教学楼，在网上一些地方被偷偷戏称为“Wannabe[①]大楼”。

“欢迎，前辈”的报道里写道，媒体专科毕业的樱，目前如愿以偿地成为撰稿人，活跃在各大媒体中间。

她快速扫了一遍报道内容，继而叹了一口气。

确实，自己已成为一名撰稿人。

只要随便打开一本脚边堆着的杂志，就能找到自己写的报道。

① 英语want to be的省略形式。是用来嘲笑和讽刺那些梦想成为大人物的年轻人到头来一事无成的俗语。

可是，却没有一则署名安武樱。

在杂志最后的编辑页里罗列在一起的，只有那些作为樱的客户的大型出版社编辑的名字。

其实当初开始找工作没多久她就已经注意到了。单是毕业于专科学校这一点，大型出版社的就职之路就已经在她面前完全堵住了。不管怎么说，这个社会“学历第一”的事实是无法撼动的。事实上，大型出版社招的所有应届大学生几乎都毕业于一流大学。

如今樱已经深刻地认识到了这样一种现实。

虽然如此……

被负责宣传的后辈硬逼着，自己现在也不得不沦落成帮凶，蛊惑那些和当年的自己一样淳朴真挚、怀抱梦想的Wannabe，从他们身上榨取极其高额的学费。

“撰稿人”，这个称谓虽然没有虚假，但樱只是所属于承包编辑制作公司下面的短期合同撰稿人。

只不过是一个屈居于十九点过后空调会被停掉，蟑螂和老鼠猖狂横行的杂居大楼里，背后是视野全被消费者金融业的广告看板挡住，什么风景都看不到的窗户，而且被客户的要求折腾到三更半夜的撰稿人罢了。

“工作虽然很辛苦，但看到自己写的报道能发表，感觉还是非常有价值的。”

明朗的笑容下面，煞有介事地写着空空的言论。

这种话真的是自己说的吗？还是后辈因为宣传而做了一些校改，现在也不得而知了。

“有工作总比没有好，总在那儿拘泥于质量也不是个办法。”

回想起刚才主编发的牢骚，樱伸向梅子饭团的手停在半空中。

大骗子……

像是要把自己的笑容给抹去一样，樱动作迅速地关上了邮件。

第二天，樱在老牌大型出版社的接待大厅角落里等着委托客户的编辑。

大厅中央，有着跟地铁检票口一样的设施，两侧站着守卫。从刚才起，就能看到打扮体面的男男女女在检票口端末机上用自己的ID卡轻轻一碰，英姿飒爽地走进通向深处电梯的走廊。

樱扫了一眼手表，从对方在内线电话里说“马上过来”，到现在已经过了十五分钟——而且这个编辑以前也从没有一次在约定时间内出现过。

可就算这样，也比在炎炎烈日下在外面奔走要好过几倍，樱在空调强劲的大厅内叹了口气。

“不好意思，让你久等了吧？”

耳旁响起“华丽”的声音。

这次的客户助川由纪子肩上披了一条丝巾，像一只展翅的蝴蝶一般翩翩起舞地向这里走过来。虽然每次见面她第一句都会说“不好意思”，但樱的心里也清楚，她其实一点儿都不觉得有什么不好意思的。

“不会，我才感到不好意思，在您百忙之中还过来打扰。”

见樱低头向自己赔礼，由纪子立马在对面的沙发上坐下。

“我也没多少时间，那咱们就在这里说吧？”

她语气不容分说地问道，樱只好点头说：“好的。”

这个出版社的顶层有一个很大的餐厅，听说从那里可以俯瞰附近的整个小石川后乐园。可是，从接到由纪子发来的订单算起，樱还一次都没有被带进过中央那个安检门。

她其实也早就心知肚明，自己在对方眼里不过就是那种可以被随便打发的小角色，也知道由纪子对此完全没有任何过意不去。承包公司的短期合同撰稿人，在他们看来根本就连被记住名字的价值都没有。

不经意间的侮辱其实比蓄意而为的更加伤人，让人记得更加深切。

但也绝不能在这里气馁，对樱来说，由纪子是自己名正言顺的第一位大客户。

像这种光彩夺目的大开本女性时尚杂志之类的订单，真的是很少能接到的。

樱之前总是写一些主要针对男性读者的信息杂志和免费报纸上的报道，当主编把这次的活儿交给自己时，她高兴得差点儿跳起来。

当然，她心里也清楚地知道，报道并不会以自己的名义发布。

樱从能装下A4大小文件的包内取出材料，打开并放在自己的膝上后开始报告进度情况。

由纪子微微皱起细长的眉毛，前倾着身体安静地听她汇报内容。

染得有些过头、看上去很不自然的黑发，松弛的双下巴，结婚戒指深嵌在肉里的粗壮手指……

听她说过好像有一个独生子。

虽然她心里肯定觉得自己是个“美魔女”，但在那张完美的妆容下面，还是恶作剧般地显露出接近五十岁的实际年龄。

不过，对在这个秋老虎依旧猖狂的闷热天气里，不得不提着沉甸甸的货物，汗流浃背地在柏油马路上没完没了地东奔西走的樱而言，她那飘逸的丝质围巾，精致华丽的细高跟鞋，绝对是可望而不可即的美好事物。

一切仿佛都在宣示着，是由纪子自己赢得了这种一天只需安逸地待在空调强劲的办公室里，在明亮如镜的走廊里走两步就行的优质职场环境。

为人母为人妻，还是能干的职业妇女，女人该有的一切，她几乎都得到了。

当然，再比下去也是自讨没趣。

让人无法相信，被称为泡沫世代的他们那一代人和自己这一代人的发展起点是在同一个日本。

“嗯……该怎么说呢？”

樱大体跟她讲完一遍后，由纪子的眉头皱得更厉害了。

“我看这些，都是在别的地方被介绍过的店呢，没有那种‘隐世之家’的感觉啊。”

说得一针见血。樱自己心里也是这么想的。

到目前为止拿到采访许可的，都是曾经在大众媒体上出现过的店铺。

“这次第二回特辑，主题就是‘隐世咖啡店’，所以还是想介绍给读者们一些从来没在其他女性杂志上登过的地方。”

听着由纪子的话，樱低头盯着自己的脚。

西装裤的裤脚下，穿着功能性的厚底休闲鞋，脚尖部分也已经稍微有些磨破了。

“能拜托再重新好好找一下吗？我因为听说安武小姐在开拓新项目上是获得公认的，这次才第一次过来谋求合作。”

由纪子交换了一下跷起的腿，从未在柏油马路上长途跋涉过的细高鞋跟擦着地板一晃而过。

看着由纪子打了珠光亮粉眼影的眼睑一闪一闪地做出愁苦的样子，樱突然感觉自己就像一只站在蝴蝶面前的蚂蚁。

而且不光是蚂蚁，还是一只有劳碌命的工蚁。

不管它多么拼命工作，在蚁群里也是毫不起眼，随便就能被其他蚂蚁替代，就算被踩死，也没有谁会觉得难过。

“那就拜托你再加把劲儿了啊。”

樱默默地目送了好一会儿飞扬着丝巾、消失在安检门之后的由纪子的背影。

“辛苦了！”

相互碰完啤酒杯后，樱一口气把冰镇生啤干掉半杯。爽口的苦味在食道内飞流直下，那滋味真是再绝妙不过了。

“你这喝得也太猛了点儿吧？压力积太多了？”

“压力积得都快爆炸了啊！”

“怪不得……”

那天晚上，樱和高中时代的老朋友芳本璃奈在新桥乌森口的居酒屋久别小聚了一下。

“璃奈，抱歉啊，把你喊到新桥这种只有大老爷们儿才会来的地方。”

后半句还是将声音压低着说的，因为胜在价格便宜的居酒屋，已经完全被上了年纪的大叔们占领了。像樱和璃奈这种年轻女孩，放眼望去遍寻不着。

“没事的，没事的，要是去汐留或是银座的话，钱包也吃不消嘛。”

“这倒是没错。”

虽说如此，璃奈的工作却在汐留，樱嚼着毛豆，心里如此想道。

这两个地方明明就挨在一起，但汐留和新桥却完全是两个世界。

目前，璃奈在坐落于汐留的一家大型广告代理公司当短期合同员工，虽然能够在大家都羡慕不已的超高层办公楼里工作，但还是对每年都必须更新一次的短期合同感到惴惴不安。

“不过，璃奈每天还是能在工作的闲暇之余，从擦得闪闪发亮的玻璃窗向外眺望整个东京湾和浜离宫吧？”

编辑部那座杂居大楼的窗户都被广告看板给挡住了，一点儿景色都看不见。

回想起消失在安检门另一侧的由纪子那体态优雅的背影，樱的话里多少流露出一丝嫉妒。

“确实，如果只看这方面的话，劳动环境应该算是不错的……”

坦率地承认了这一点后，璃奈的脸色黯下来。

“也正是因为如此，要在这家公司生存下去的明争暗斗就算在合同期间也很激烈。”

从派遣员工开始，璃奈在现在这家广告代理公司已经工作了三年之久。

虽然公司也有正式员工的录用考试，可有一个资历较老的短期合同女员工连续三年都没能通过考试，久而久之，在同一小组的短期合同员工之间，就会形成一个“不能丢下她去参加考试”的不成文规定。

“因为我们小组的短期员工都是女的，在这方面，真的很不省心。”

每天一定得凑在一起吃中饭，相互牵制、防止对方抢先立功往上爬。

而且，在背后控制整个小组的老资格短期员工，还和公司中层Gr长搞婚外情。听到这里，樱“唉唉唉”地叫起来。

“这算什么，这狐假虎威演得也太欺负人了吧？”

“可也不光是她一个人，其他人也差不多是这个调调。比如说虽是身任要职但其实是开后门进来的呀，或是某个董事亲自推荐的呀，全是这码子事。我现在是越来越觉得，在大公司，比起工作能干的人，有关系、有后台和善于巴结周旋的人更能笑到最后。现在也没有能带领大家创造新工作的上司，每天都是一成不变的工作，真的是好没意思……”

璃奈说有时候，会感觉自己像是住在流沙上的阁楼里一样。

日常定期的工作不会算到业绩上面，也无法保证能在同一个职场一直待下去。可话虽如此，自己也没有勇气抢在其他人前面去参加正式员工的录用考试。

“要真那么做了，如果考试失败，那就真的会糗得如坐针毡了。”

举起杯子猛喝了一大口啤酒，璃奈重重地呼了口气。

“而且，我也很害怕会失去这份工作啊……”

所以璃奈也无法去嘲笑那个当不上正式员工就在Gr长情妇的位子上坐享其成的女员工，她用指尖一直挑着毛豆壳在玩。

一旦穿过一次光鲜亮丽的衣服后，哪怕是借来的也好，也没法再穿回大卖场的T恤衫了，也许跟这是同一个道理吧。

“可是，璃奈你现在不是在考虑结婚的事情吗？”

积极的相亲活动终于修成正果，现在璃奈正与一个在印刷公司做销售的人以结婚为前提交往。

“我虽然是说过，但最后还是避免不了会夫妻俩一起出去工作的。后来仔细听他的话，感觉他那公司就比镇上的小作坊稍微好那么一点点。理想和现实根本完全不一样啊。”

深深的一声叹息，从璃奈那口红开始掉色的唇间漏了出来。

看来，璃奈也同样是“积了好多压力”啊。

当时听说连从小就是优等生，而且还毕业于横滨内以贵族小姐学校闻名的名门女子大学的璃奈都没能在应届毕业时成为正式员工，樱就深刻感受到了现今社会的艰辛。

出生于平成元年，如今被称为宽松世代的樱，却从来没有觉得这世间对她们宽松过。

从懂事以来，日本经济就始终处于萧条状态。

樱上小学那会儿，终身雇佣制度已经成为传说。父亲整天心惊胆战地害怕自己会被裁员，原本结婚后就在家做全职主妇的母亲也出去找了兼职。

失去的二十年[①]——这就是樱他们生活到现在的岁月的总称。

在那个时代，培养到最后的所有东西，都会一个接一个地消失不见。达到饱和状态的东西不断向外溢出，最后只留下了巨大的空壳。

换句话说，他们那群人是空无一物的世代。

在繁荣之后的衰退过程中，没有一样东西是切切实实的。老家没半点儿存银，正经体面的工作也找不到，职场里拿不到高收入，和自己拿一样低工资的男人也完全靠不住，根本不能保证将来能安稳生活。

她们也无从得知泡沫经济以前不论哪个家庭都相当富裕的那个年代是一种怎样的景象。

“城之崎主任还在公司的时候，工作还挺有意思的呢。”

听到璃奈口中说出那个名字，樱突然一下子回过神来。

“对了，想起来了，你联系到城之崎小姐了吗？”

她情不自禁地向前探出身子。

“联系是联系到了……”璃奈缓缓地摇了摇头，把分成小份的杂鱼沙拉放在樱的面前，“但果然还是没法告诉我更多的信息。”

“是吗……”

---

① 指的是日本经济从安定成长末期的平成三年（1991年）3月开始，20年以上的萧条期。

樱沮丧地耷拉着肩膀。

城之崎塔子——璃奈曾经的上司。在现场工作经常会全部扔给承包公司的大企业里，据说她是唯一一个从企划立案开始就亲自操办的策划人。

今年五月她主动向公司提出提早离职，现在正在中国上海沿江地区的“智能都市”里做着咨询师的工作。

“你快看这里，这个就叫作人才流失啊。”

上次和璃奈见面的时候，她给樱看了女性商务杂志上的采访专栏页。

“主动提出提早离职的人，结果都是自己能成就一番事业的人呢。现在我们小组的上司，净是一些什么实事都不会干的上了年纪的大叔……”

樱完全不顾在一旁直叹气的璃奈，注意力早已被访谈报道里的女性那凛冽的眼神给吸引住了。以上海的夜景作为背景，城之崎塔子绽放着充满活力的笑容。

脸上没有那个年代妇女常有的大浓妆，是个给人印象非常清爽的女性。在她身上看不到蝴蝶的华丽妩媚，反而能够感受到破击长空的蜻蜓所特有的果敢纯粹。

在接到寻找隐世咖啡店的报道撰写委托时，樱脑海里首先想到的就是城之崎塔子的那篇采访。

采访里面，讲述了一家“店”，在人生转折点上给予了她主动改变的勇气。

那个每天晚上都会聚集好多熟客，在网上却没有一点儿信息，只在深夜营业的深夜咖啡店。

据说在那家咖啡店里，可以享受到就算在二十三点后食用也不会产生胃胀不消化的养生料理，还有能让人全身心都得到放松的餐后茗茶。

“当想起关于那家店的采访报道时，我本来还确信，它一定会成为这次特辑中的压轴大戏呢。”

用筷子漫无目的地搅着分给自己的杂鱼沙拉，樱仰头看着低矮的天花板。

考虑到一上来就表明是采访的话，人家可能会有所顾虑而刻意回避，就派了璃奈先去试探，转达这边特别想去一次、恳请告知地址的意愿。

然而，真正的“隐世之地”比想象中要难攻克多了。

塔子的回答是这样的：“因为只是做熟客生意的咖啡店，所以和店主商量过后，能够提供的信息只有商业街的名字和那个小弄堂。如果能够靠这些线索找到，也算是一种缘分；如果找不到，也只能说缘分未到，还是放弃为好。”给的条件非常严苛。

虽然让璃奈又试着再去问了一下，但似乎也没能问到更多的信息。

“不过啊……”

嘴里心不在焉地嚼着杂鱼沙拉，璃奈露出故弄玄虚的笑容。

“追记里她还写了一句话哦。”

“什么什么？写了什么？”

“还不快感谢我？不管怎么说，这都多亏我以前是她的优秀部下啊。”

璃奈无比神气地端起酒杯。

“好了好了，这顿就算我请客。”

看着把酒一饮而尽的璃奈，樱立马又点了一杯。

太平洋高气压依旧不断在向外扩张，受其影响，下一周还是酷热难耐的残暑。

虽然已经到了九月的最后一周，可炙热的阳光与蒸桑拿般的闷热感和盛夏毫无两样。

光是走在路上，皮肤就感到刺痛难受，几乎会让人产生一种身体正在慢慢融化的错觉。

不过，樱铁了心前往商业街的气势，却胜过了这份酷暑。

这次一定要找到！

樱单手拿着手机地图，把商业街的每条小弄堂从头到尾找了个遍。从中央大路往里走一段后，商业街一下子变成了周围都林立着木造平房和公寓楼的住宅区。

在这附近转了许久，最后樱还是和上次一样，来到了商业街的尽头。

她又环顾了一下四周，实在不觉得再往前还会有什么商店。

可是，如果现在放弃的话，就真的跟上次没什么两样了。

突然间，她看到一条正好只够一个人走过的窄小弄堂。

樱把心一横，两脚迈进了这堆满塑料水桶和空调室外机的小弄堂里。

走到一半，柏油路变成了石子路。她沐浴在空调室外机吹出来的热风里，感觉自己快晕过去了。

啊，扛不住了……这种地方怎么可能会有店嘛！

就在她差点儿就要叫出声的时候，忽然感到脚下有个软绵绵的、黑不溜秋的东西蹿了过去。

原来是一只小虎猫。虽然只有一瞬，但踩着轻巧的脚步向深处走去的小虎猫还是回头看了樱一眼。眼神交会的一瞬间，那只猫就像是满脸不屑地“哼”了一声后，立马又转向前方，一下子就不见了踪影。

就好像受到了它的引领一般，樱继续往弄堂里面走去，路虽然狭窄，但里面却越走越深。

走到最后，她终于能看到一抹绿色。

弄堂的最深处，矗立着一幢配有小巧庭院的独户小屋。当樱发现庭院的正中央，郁郁葱葱地生长着的圆形绿叶丛是山茱萸时，差点儿兴奋地想击掌。

“看到庭院里的山茱萸就说明找对地方了。”

这就是城之崎塔子在追记里告诉她们的附赠情报。

那幢独户房应该就是店面。可不管怎么看，它都不像一间饭店。

装饰有孔雀羽毛光鲜亮丽的绿色长裙、镶嵌着密密麻麻像鱼鳞一样亮片的女式衬衫、缝有施华洛世奇水晶的亮闪闪的感觉马上会有雷打下来似的披肩……

花里胡哨的衣服，跟踩高跷差不多的高跟鞋，堆得到处都是。

这种衣服，到底会有谁来买啊？

纯粹出于好奇地欣赏了一会儿，樱突然看见山茱萸的树枝上挂着一块看板。

舞蹈时装专门店　查尔

原来如此，舞蹈服装啊。

这样的话还可以理解，樱点了点头。但如果是这样子的话，这家店应该就不可能是饭店了。

商业街、小弄堂、山茱萸，给的提示倒是都符合了。

总之，先去向店里的人打听一下吧，她刚想靠近将庭院围起来的铁门——

玄关的大门突然开了，一个穿着西服的男人被赶了出来，樱大吃一惊。

“请你以后别再过来了，这个臭房产中介！”

当看到西装男身后的那个踢他出来的人物后，樱顿时瞠目结舌，僵直了身子。

戴了顶鲜红假发的异装癖，一脸威严地叉腿站在眼前，用粗壮的嗓门儿大声喊道。

“啊？”

樱愣在那儿一动不动，异装癖看向她这边。

“你又是谁啊？”

不管三七二十一就被大声喝骂，樱被吓得只好呆立在那儿，大气都不敢出。

“你是这臭房地产中介带来的跟班吗？！每次翻来覆去都是那几句废话。”

像是呼应鲜红假发异装癖的怒声一般，从店里面熙熙攘攘地走出来好多戴着颜色各异假发的异装癖。

“哎呀，这次是女人啊。”“不管来的是女人还是男人，我们的态度都是一样！”“没错！”“你们真是太烦人了！”“妨碍到店里做生意了！”“简直是恶灵！”“恶灵快滚蛋！恶灵快滚蛋！”

被一步步紧逼过来的异装癖推搡着，樱在完全不明所以的情况下仓皇失措地逃离了那个地方。

令人哭笑不得的是，樱不得不和被店里赶出来的西装男一起走回车站。

“真是的，那家店的那群异装癖可真是让人头疼啊。”

走在前面的男人一边愤愤地说着，一边擦拭着额头冒出来的汗。

他的年纪看上去大概三十出头，也不知道是不是房地产行业特别景气，穿了一身很上档次的西服。

“请问……您是否听说过那附近开了一家咖啡店？”

看上去这个男的应该是经常去那家店，樱就抱着试一试的心态问道。

“哈啊？咖啡店？”

男人皱起眉头。

“从来没听说过有什么鬼咖啡店啊，我去过那家店好几次了，那破地方只是一家异装癖时装专营店。”

也许是情绪有点儿焦躁，他说话的语气很粗鲁。樱是被这男人连累，才跟着被一起赶出来的，而他看上去似乎一点儿过意不去的样子都没有。

这让樱心里有些不舒服，但决定还是放在心里不说出来。

刚才的那群异装癖已经吓得她浑身发毛了，可这个男人的眼神也同样相当凶狠。

从他西装的袖口还能隐约看到劳力士手表，樱下意识地与男人保持了距离。还是不要贸然接近这种穿着一身和实际年龄完全不相符的高级名牌、举手投足却粗鲁凶恶的男人。

虽然参加的相亲活动接二连三地以失败告终，却锻炼出了她的这种第六感。

不过话又说回来，那地方居然会是异装癖时装专营店。

所以才会有那么多尺寸巨大的高跟鞋和款式雷人的长裙啊，怪不得。

樱微微叹了口气。

看到提示中说到的山茱萸时，她还兴奋地以为终于被自己找到了呢。

但是，看来那里并不是自己要找的那家店。

虽然很遗憾——

不过，自己果然和那家店没有缘分啊，樱自嘲般沉下了肩膀。

那天晚上，樱很难得地没有回编辑部而是直接回了家。

连续三天加班到深夜，她的身体的确有些撑不住了。

也许是生理期快到了，早上醒来樱发现下巴上长了一颗很大的痘痘，大概是累得内分泌失调了吧。红肿发烫的痘痘一碰还感觉痛痛的，最关键的是每次照镜子，心情就会变得越发糟糕。毕竟对于女性来说，肌肤状态就是反映心理状态的镜子。

半路上本来想去一趟超市，但得走到车站的另一头，她又嫌麻烦，最后还是在附近的便利店里买了海苔便当、发泡酒和一些零食。

回到一个人住的公寓，樱边看电视边吃着海苔便当，又在三天没用过的一体式浴室内放上洗澡水。虽然浴缸很狭小，但只要能泡澡，总比单纯地冲个淋浴要更能舒缓疲劳一些。

蜷缩着身子泡在浴缸里，仰头盯着开始发霉的浴室天花板，樱开始怀念起老家那不锈钢的浴缸来。

距离老家也不算远，要是坐上特快列车的话，不用一个小时就能到。可自从正月过后，樱还一次都没回去过。

况且，就算是回到老家，樱每次都是筋疲力尽地躺在一旁什么都不想动，所以母亲也并不是很欢迎她回去。

可要是碰到在静冈工厂工作的弟弟回来的话，母亲就会里里外外忙活着替他接风，不得不感叹她这个长女在家里果然是无足轻重的存在。樱将长了痘痘而肿起来的下巴浸在热水里，闭上了双眼。

从樱开始上大众传媒系的专科院校起，在父母亲眼里她就是个自说自话的女儿了。

虽然和弟弟一样都在工作，可不管自己怎么努力，他们都认为那是“想当然的随心所欲”。

“不是应该有比你这份工作更要紧的事情吗？”

有一次，一脸不高兴的母亲直截了当地对她这么说。

想得多只会徒增不愉快，所以樱尽量不让自己去想老家的事情。

泡完澡，拉开发泡酒的拉环，她感觉心情稍微放松了一些。

樱豪放地喝着发泡酒，吃着下酒的零食，虽然知道会发胖，还是管不住自己。

边看电视边剪指甲时，放在桌子上的手机突然发出振动，樱看了下来电显示，原来是璃奈打来的。

“樱，现在讲话方便吗？”

“可以啊，我已经在家了。”

瞥了一眼时间，现在刚过二十三点，樱关小电视音量，转移到整个房间里信号最稳定的阳台旁边。

“你听我说啊，琢磨他……”

起先还有些顾虑的璃奈，当听到樱说已经在家后，苦水如决堤般滔滔不绝地倾涌而出。

上周一起吃饭的时候听她说过和男友之间的恋情终于要开花结果了。

可话题越是深入，璃奈对恋人的不满情绪就越是难以掩藏。

“他跟我说，让我结了婚之后马上辞掉现在的这份工作。”

“打算让你做全职主妇？”

难道这不是璃奈一直以来想要的吗？

“他也不是这个意思。”

璃奈发出近乎悲鸣的声音。

“他让我继续工作，只不过，要在比现在‘低调一些’的地方干。”

“这算什么意思？”

“对吧！简直莫名其妙嘛。”

抱怨内容是在市井贫民区某家印刷公司上班的男友，不喜欢让即将成为妻子的女友在沿岸高层写字楼里工作。

“说是考虑到家族的体面问题，这样不好。”

“这算是哪门子的家族体面啊？”

听了这么多，连樱都开始感到气不打一处来，手里发泡酒的味道也变得难喝起来。

“你说是不是很过分？就算这样子，他还让我结婚后继续工作呢。感觉只有我在吃亏啊，本来我就要工作、家务两头顾，比他辛苦一倍了，为什么还要逼我换工作？”

“这种事情，你没必要听他的。”

“不过，我现在的这份工作并不是正式员工，所以没有产假和育儿假。前段时间，我被他的母亲喊出去，关于这个问题在我耳边念了半天，说什么，目前制度都很完善，所以让我去找一个可以利用这些假期的工作，你说气不气人？”

这样的事情真是越听越糟心。

女性能够发光闪耀的社会，能安心育儿的环境，女性的活跃表现，女性的飞跃进步，等等。

不管用诸如此类的空话如何粉饰，自古以来——就算在当今的二十一世纪——社会的真心话就几乎没有改变过分毫。

好好干活，好好生娃，不该你管的事情不要管。

与现实接触得越深，这种露骨的真心话就听得越真切。

而且最恐怖的是，把这种道理固执地教给子女的恰恰是他们的母亲。对自己的亲生女儿相对比较宽容的母亲，为了保护儿子的权利，能毫不犹豫地牺牲媳妇。当她倚仗着原本就保守的社会高谈大道理时，压根儿就忘了其实这个媳妇也是谁家的宝贝女儿。

樱的脑海里回想起对自己的亲生女儿都还一脸不高兴地说着“不是应该还有比你这份工作更要紧的事情吗”的母亲，心里觉得很不是滋味。

“她还说什么家务的话让我们家琢磨也一起帮帮忙不就行了嘛……

“他的母亲大人还郑重地向我声明，做菜和打扫这些基本家务都已经教授给他了。

“还说什么‘应该比我那个时候要轻松多了’，跟恐吓我一样喋喋不休了好一阵子。

“从他们认为家务只是‘顺便帮忙’这一情况来看，我感觉我和他之间就已经过不下去了。最关键的，还一口一个‘我们家的琢磨’哦！”

璃奈的声音悲惨地扭曲着。

也许对女人来说，心底深处就是觉得自己的下一代应该也要尝一下自己之前吃过的那些苦头。每次在看到母亲对待自己和弟弟那明显的态度差异时，樱都能感受到这一点。

连亲生母亲都是如此的话，也不难想象，未来婆婆的眼神将会是如何犀利严苛。

对于现在还住在老家、被家里人当作掌上明珠般疼爱的璃奈来说，也难怪会受不了他们八字还没一撇就立马毫不客气地把她当丑媳妇一样随便使唤。

可是，樱多少也能意识到，尽管璃奈现在像这样倾诉着不满和愤恨，但她恐怕还是不会放弃和恋人结婚的。

不管这个社会是如何无情，至少还有一点是好的，那就是只要把身体蜷缩起来，就不会受到更多的伤害。

从小就是优等生的璃奈，还没有做好要脱离这个社会的准备。

所以当樱随心所欲尽情工作的时候，璃奈却“虎视眈眈”地在努力为结婚做各种打算。

“不过，难道你真的没有任何一点儿这方面的进展吗？”

她委婉地向樱打探道。

“没有啊，没啦没啦。”

把发泡酒罐头放在桌上，樱摇了摇头。

比起听一大堆有的没的苦水，被人拐弯抹角地打探来打探去才更让人觉得厌烦。

“真的吗？连比较在意的人都没有吗？”

“比较来气的男人倒是有一大堆。”

自暴自弃地说完后，手机那一头响起了一阵大笑。

总感觉从手机里传来的尖锐笑声中，透着一股若有若无的优越感。也许在她看来，自己的处境还要稍胜一筹吧。

“不过，毕竟你在很努力地打拼自己的事业啊。”

仿佛是要掩饰刚萌生的优越感，璃奈立马换了个话题。

“话说，深夜咖啡店那件事后来怎么样了？找到山茱萸了吗？”

在关键时刻能迅速转变话题，这也充分体现了璃奈的聪明之处。如果继续紧紧抓着优越感不放的话，女人间的友情就要化为泡影了。

“这个嘛……”

樱把和璃奈之间一时涌起的不愉快放在一边，重新握紧手机。

“跟你说吧，我简直受了大罪了。”

从上学的时候起，樱就很善于言谈。

高中时代，樱说的话总能把那些和璃奈一个年级的同学全给逗乐了，自己的心里也觉得很满足。这次她也条理清晰地把本来打算找那家咖啡店、最后居然找到异装癖时装店的经过，原原本本、生动有趣地向璃奈讲述了起来。

当她说到戴了顶鲜红假发的异装癖，一脸威严地叉腿出现在眼前那段的时候，璃奈像是岔气了一般笑出声来。

“这算什么呀，怎么可能啊？！”

现在的笑声里没有了之前奇怪的矫揉造作，能够很直接地感受到，她已经被樱的故事完全吸引，忍不住笑得连横膈膜都微微颤抖。

其实回过头来仔细想想，碰上头戴鲜红色假发的异装癖，这种遭遇确实是非常罕见。不知不觉中，连樱自己也一起笑得前仰后合、眼泪直流。

“啊——真滑稽……不过，笑过之后感觉又有精神了，谢谢你呀，樱。”

话筒那边传来的璃奈感谢的话语里，能够听出是她发自内心的情感。

电话打过来之前，其实璃奈就早已决定好了，虽然讲出来后也不见得事态会有什么好转又或是问题能得到解决，不过，只要自己的电话能让朋友重新振作起来，这就够了。樱也带着一丝满足挂了电话。

喝了一口变温的发泡酒，她走到外面的阳台上。

白天虽然跟盛夏的延长线一样持续着酷热的天气，可一到晚上气温立马就降了下来，狭窄的阳台上也能感觉到阵阵秋风拂过脸庞。在排列紧密的公寓小区的另一头，能看到柠檬形状的月亮在天上若隐若现。

不光要换到比现在更不起眼的地方工作，还要兼顾家务活儿啊……

不管是今后对任何事都要插嘴、多管闲事的婆婆也好，还是对这个婆婆言听计从的丈夫也好，要换作是自己一定死也不会答应这种婚姻的，樱远远地眺望着悬挂在夜空上略显狭小的明月。

最关键的是，嫁到那种家庭后，如果怀不上孩子的话，就更痛苦了。

就连整天窝在“腐海”里，跟白发鬼一样的主编，在喝醉酒后也会开始无聊的说教：“没有生过孩子的女人不能算是一个完整的女人。”平时披着主张自由论、自称媒体人的假面皮，在区区几杯白薯烧酒下肚后一下子就露出了真容。

即便如此，璃奈也仍旧会跟这个社会妥协吧。

其实话说回来，在表面气派的职场里工作，最后可喜可贺地结婚辞职做家庭主妇，这种主意本身就打得太想当然了。樱的心里怀着些许恨意地想。

恐怕璃奈也早已察觉到这一点，只是想把心里话都发泄出来吧。

在渐渐偏离社会标准线的樱面前，也许暗地里还能够得到一些自我肯定。

不管是共鸣还是牵制，又或是同情还是蔑视，这些感情就如同正反两面般紧密又遥远。

在樱看来，女性朋友之间的友情，就像在冒险走钢丝一样，虽然反反复复会遇到许多危险的地方，但仍然会以相对稳妥的方式继续前进着。

“不过，毕竟你在很努力地打拼自己的事业啊。”

耳边回响起璃奈刚才欲盖弥彰般的安慰话，樱用力咬紧嘴唇。

回到现实之后，那场异装癖骚乱也肯定不能就这样当笑话一笑了之了。

在下周和客户的碰头会上，要是被委托方的编辑发现仍是毫无进展的话，对方到底会冲自己说些什么呢?

看起来家缠万贯、心宽体胖的蝴蝶对瘦弱小蚂蚁嗤之以鼻地说着“真是太让我失望了”的画面顿时浮现在她的眼前。

“看到自己写的报道能得到发表，还是觉得非常有价值的。”

想到“欢迎你，前辈”上自己说的话，樱感到心如刀绞。

还在Wannabe大楼里上学的那会儿，自己到底抱有怎样的梦想呢?

肯定都是些不切实际的天方夜谭。

像是去各地游山玩水，吃遍所有山珍海味……如果能把这些都记录下来，写成一本书出版的话就再好不过了。大概就是类似这样肤浅的未来展望吧。

本来就只是小时候写作文写得稍微好了一点儿，最近忙得焦头烂额根本没有时间看书，也根本没有努力学习过。因为没有考上有文艺学科专业的大学，才被迫上了被人们讽刺为“Wannabe大楼”的专科大学。

嘴里发着牢骚，但仍然切实向着结婚努力迈进的璃奈比自己有建设性多了。

虽然自己在公司里，年纪还算小的，但如果站在女人这一性别角度来看的话，其实也并不能说是很年轻了。

自己以后到底有什么打算呢？是像璃奈那样认真准备结婚，还是说像璃奈的前上司城之崎塔子那样，成为真正的职业女性？

可这两种选择，对现在的自己来说都无法做到。

“不是应该还有比工作更要紧的事情吗？”

母亲挖苦的话再次回响在耳边，樱神情沮丧地望着被丛云包裹住的月亮。

才刚进入十月，天气持续寒冷，让人感觉一直拖到现在的残暑就如同老天的恶作剧一样。

气温一下子降了近二十摄氏度，跟梅雨季节一样，每天都下着雨。

无法适应极端的温差变化，樱感到自己身体里像积存了许多沉渣一般的倦怠感。生理期虽然已经到了，可下巴上的痘痘一点儿都没消退下去。粉底也没法涂，最重要的是每次照镜子，心情都格外郁闷。

那天晚上，也没心情吃经常买的便利店饭团，樱起身离开办公室，决定去外面吃晚饭。

过了二十一点之后，新桥附近就只有拉面店或是小酒馆还在营业。在雨中徘徊了好久，最后樱在意大利面专营店的门前停下脚步，一家在都内随处可见的连锁店。

可是，才刚在座位上坐下来，看到端上来的冰块全化了的温凉水后，樱就产生了一种很不好的预感。

冷冷清清的店内有微微的寒意，那位胖胖的男服务员端着不知道是什么时候准备的、早已变温的凉开水，摆着一副极其不乐意的臭表情。

菜单上，菜品数量还算丰富，因为想吃口感柔软的、放有芝士的东西，樱选了培根鸡蛋意面。为了健康还点了绿叶沙拉作为套餐搭配。其实自己心里更想点的是配有蛋糕的甜点套餐，但这样的话就会超过一千日元，最后还是忍了下来。

然而，当干枯如野草碎屑一般的沙拉被粗暴地扔在桌子上后，樱顿时觉得也许便利店卖的饭团都比这个要好吃吧。生菜和黄瓜都干巴巴毫无水分，吃在嘴里只能尝出加了很多化学添加剂的沙拉酱料的味道。

好久没吃蔬菜了，本来还想好好品尝的。

虽然也没有对套餐里的沙拉抱有多大期待，可端上来的却是如此难以下咽的东西，这让樱感到有些伤心。

把如同野草碎屑一样干巴巴的沙拉机械地塞进嘴里，樱呆呆地回想起白天碰头会时的情形。

与客户的碰头会和预想的一样，真是一点儿情面都不留。

明明自己什么都不干，只会坐享其成的助川由纪子，接二连三地扔来毫不留情的指责和严苛的要求。

回到编辑部，樱苦思冥想了好长一段时间。

说实话，如果是真正的“隐世之家”，肯定不会那么容易就同意别人去采访。穷尽浑身解数终于拿到采访许可的店，大多数情况下都会让你不要刊登他们的联系方式和店铺地址。

但是，像这种不痛不痒的半吊子报道，读者看了真的会喜欢吗？

是不是应该从实际情况出发，重新拟订一个新的更切实际的方案会比较好呢？

“什么？！你少在那里给我说些梦话。”

然而，那天樱只是打算稍微探探口风，深埋在“腐海”里的主编立马瞪向她。

“拟订方案是人家客户的事情，我们要做的只是根据对方的方案，收集恰当的信息，管你是请求也好，强迫也好，威胁也好，只要把报道写出来就行了。”

“可是，看完报道后，真正想从中得到满足的并不是客户而应该是读者吧？”

“这些幼稚的话就不要再说了，赶紧把报道写出来吧。”

面对难得表现得如此不肯善罢甘休的樱，主编不由分说地强行让她乖乖闭上了嘴巴。

“我也不能让你一直忙这些女性杂志企划的事情啊。都已经说过很多次了，有工作总比没有好。要是还有那闲工夫拘泥于质量的话，多做点儿活儿出来才是硬道理啊。免费报纸的家电商品介绍文的进度怎么样了？交稿日可是不会等你的哦。”

不要拘泥于质量，多做点儿活儿才是硬道理……

主编每次给自己打鸡血时都这么说。

可是……

这份大开本女性时尚杂志的工作是自己好不容易才拿到手的。

先不管由纪子扔来的过分要求，其实她也想试着写一篇能让自己有所满足的报道。

肯定要比那些读完后立马就扔的免费报纸和信息杂志，更能让读者过目难忘。

吃着味同嚼“纸”的生菜，樱翻来覆去想了很多事情。

终于，表面盖着被烤成奇怪鲜黄色的芝士培根鸡蛋意面被端了上来。

她吃了一口就开始后悔。

这破玩意儿——表面盖的这层用的只是速食芝士酱吧？

跟想象之中绵软细腻的口感差之千里，吃在嘴里涩涩的。

难得自己想挥霍一把，特意找了家饭店，樱越想越伤心。尽管如此，毕竟也还是扛不住饥肠辘辘的肚子，只能填鸭似的把东西往嘴里塞借以果腹。

吃了快到一半的时候，响起一声短信铃音。

樱拿出手机一看，是璃奈发过来的，该不会又是关于结婚问题的牢骚话吧？

樱漫不经心地打开短信，原本机械般地往嘴里塞面条的叉子也停了下来。

时间是二十一点半。

还来得及。

这么一想，樱立马拿起包离开了座位。

电车上挤满了加班后回家的上班族，樱一路强忍着，终于走下站台的时候，发现从早上开始下到现在的雨也停了。

在基本上所有的商店都已经拉上卷帘门打烊了的商业街内，樱肩挎大包，大步流星地走着。来到商业街的尽头后，她毫不犹豫地走进那条细长的小弄堂里。

跨过石子路上积起来的小水塘，绕开挡路的塑料水桶，她慢慢摸索着朝弄堂深处走去。

璃奈一开始只是想拿来说笑，在推特上直接私信城之崎塔子，说她本来在寻找深夜咖啡店的朋友居然误打误撞找到异装癖时装店去了，然而在上海的塔子所回复的内容却叫人大跌眼镜。

“这就是正确答案哦。”

白天是舞蹈服装专营店，晚上是员工简餐咖啡店。

这就是传说中的深夜咖啡店的“真面目”。

远远能望到山茱萸那圆圆的绿色树叶时，樱稍稍吃了一惊。

院子里的景象和白天花里胡哨的样子完全不一样了。

玄关处挂着的灯笼发出柔和的光，山茱萸的根部静静地竖着一块写有“MAKAN MALAM”字样的钢制看板。

樱重新背好包，在上衣口袋里确认好名片夹后，又做了一次深呼吸，按下门铃。

“马上来——”

屋子里面立刻响起低沉的应答声，还能感觉到走在走廊上的“吱嘎吱嘎”的脚步声。

“欢迎光临。”

玄关厚重的实木门从里面被打开后，樱吃惊地呆呆愣在一旁。

“哎呀，欢迎光临。”

低头看着目瞪口呆的樱，露出嫣然微笑的——

是戴着一顶明艳的粉红色波波头假发、个子高高的女装中年男子。

在间接照明下昏暗朦胧的室内流淌着Gamelan Degung那舒缓的曲子。在如同典雅摇篮曲般的旋律中，一些看上去像是熟客的人各自躺在单人沙发上享受着自己的一时惬意。

这种平静温和的气氛所带来的舒适安详感，仿佛让人立刻把脑海里店主那惊悚吓人的打扮瞬间清空一般。

虽然是突然造访，可身穿优雅晚礼裙的“女装男子”像是迎接熟客一样，非常自然地把樱领到了柜台座上。

举手投足间流露出的温文尔雅，让她感觉实在不好意思开口叫人家“异装癖”。

坐在柜台角落、阴沉着一张脸的、戴着眼镜的中年男子，一边喝茶一边读着报纸。

那男人左手无名指上戴着戒指，不管从哪个角度看都只是一个上了年纪的普通大叔。

在面朝院子的沙发上吃着夜宵的一群人里面，有一位白发垂肩看上去很有气质的老妇人。无论是谁，感觉都是和前些日子白天那番花里胡哨的景象毫不相关的人。

樱在凳子上坐下后，手指抚摩着上衣口袋的名片夹。

“要吃夜宵吗，还是说想喝点儿茶？”

果然，高个子的“女装男子”在柜台后面问她。

声音深沉浑厚，听着让人觉得很舒服。

“请……请问，”樱站起身，立即把名片递了出去，“其实，我是做这个的……”

这张印有那家资深女性杂志社标志的名片是发给她只在这段时间作为特约记者用的。当看到这个知名女性杂志社的标志后，也有不少店主态度立马产生转变。

然而，这位“女装男人”却一点儿也没有要从樱手里接下这张名片的意思。

“现在，我们杂志正打算策划一起‘隐世咖啡店’的特辑报道……”

作为助攻，樱从包里拿出杂志样本。

大开本的女性时尚杂志又占地方又占分量。就是因为包里一直塞着好几本这种杂志奔波来奔波去，自己的慢性肩周炎才始终都没能完全好。不过，这种华丽亮眼的杂志，比名片更具有说服力。

然而，那个男人的脸色仍旧丝毫未变。

“不好意思啊，我们不是很感兴趣。”

听到如此冷淡的回答，樱顿时慌了阵脚。要是在这里被他拒绝的话，报道里就再没有能吸引读者的内容了。

“总之，您能先过目一下我们的企划书吗？”

急忙在包里胡乱翻找的时候，文件夹没抓稳掉落在地，里面夹着的企划书和资料散得地板上到处都是。

“非……非常抱歉！”

打破了店里原本安静的气氛，樱心里越发焦急。把散落在地板上的企划书全都捡起来后，她在柜台上一张张确认数量，重新放好。

“真的非常对不起，能请您先看一眼这份企划书吗？贵店真的跟我们这次的企划理念完全一致……”

“我不是说过了不感兴趣吗？”

男人低沉的声音毫不留情地打断了还想继续说下去的樱。

“我可不是为了要迎合你们所谓的理念才开这家店的。”

面对他严厉的眼神，樱只能硬生生地把接下来的话都吞进肚里。

她原本还以为只要找到店面，就绝对能够说服对方的，突然有种被自己肤浅轻率的想法给摆了一道的感觉。

“非常抱歉……”

把企划书收回包里的时候，樱的指尖都在颤抖。

盲目轻信于女性杂志权威性的不是别人，正是自己。

“你很累了吧？”

这时，男人突然换了种口气问道。

“脂肪和糖分摄入过量，而且还睡眠不足。”

听到他冷不防的一句话后，樱停下手。

她吃惊地回头看过去，发现“女装男子”用和刚才天壤之别的温和目光微笑地看着自己。

“肯定很痛吧？”

他指了指下巴，樱顿时感到自己一下变得满脸通红。她也知道下巴上长了一大颗痘痘，看起来很难看。

“我并不是有意要让你觉得难堪的。”

男人温柔地摇了摇头，对低头不语的樱说道。

“不过，最近还是少吃一点儿面食类的东西为好，尤其是外面包了面粉炸制而成的下酒零食，要严禁曲奇饼，还有酒最好也别再喝了。”

他仿佛看穿了自己每天晚上都用发泡酒和下酒零食来排忧消愁一般，樱不由得瞪大了眼睛。

“新陈代谢变慢，体内火气积攒过多，因为你还年轻，所以毒素就从表面发散出来了，总比从内脏里排出来要好得多。你今天来得真巧，稍微等我一下。”

留下一脸茫然的樱，男人撩起晚礼裙的裙角，消失在柜台深处。

当男人戴着印花防烫手套端着茶托回来的时候，周围顿时飘散着柔软的清甜香味。

“我一直放在烤箱里没拿出来，应该还没有缩回去。”

茶托上面，轻盈松软的明黄色东西在小小的双耳蒸烤容器里不断向外膨胀扩张，看上去就像圆滚滚的伞状蘑菇一样。

“这是用糯粟和南瓜做的舒芙蕾哦。粟米和南瓜有促进脂肪和糖分代谢的作用。因为今天阳气过盛的客人比较多，我就试着做了这个当甜品，正好你也可以吃呢。只要新陈代谢恢复了，身体里堆积的火气就会自然而然跟着散去的。”

“女装男子”把烤得松软暄腾的舒芙蕾放在柜台上，接着又当着她的面在上面稍微撒了一点儿肉桂粉。

“肉桂对女性有好处，对秀发和肌肤有美容的功效。”

肉桂那种充满异国风情的味道刺激着鼻腔。

“刚刚才烤好，还很烫。”

舒芙蕾表面随意撒有装饰用的南瓜子和松仁，看上去很赏心悦目。

不过，这个……

应该不便宜吧。

很少有口福享用法国大餐的樱，一时间犹豫着不知该如何是好。

虽然不清楚这次女性杂志企划是主编多少价钱拿下来的，但以她对主编的了解，这笔开销估计他是不会同意报销的。可令人伤心的是，那天晚上樱的晚餐预算已经全都牺牲在了那野草般的碎屑沙拉和油腻又黏糊糊的意大利面上了。

“你不用客气，钱的话我会帮你算到那位大叔头上的。”

像是看出樱的心思，男人微微眯起一边贴了假睫毛的眼睛，指了指坐在柜台角落、阴沉着一张脸的戴眼镜的中年男子。

“你说什么？！”

中年男子立马抬起头，眼神和樱相遇后，又在那儿低声嘀咕着：“其实也无所谓啦，这里的东西也不是那么贵……”随后继续把头埋在报纸里。

“开玩笑啦。”

“女装男人”舞动着假睫毛眨了下眼睛，涂满口红的唇角微微上扬。他这样笑起来，让人感觉好像以前迪士尼电影里会出现的魔女一样。

“今天算我请客，你可以慢慢享用。”

男人把盛有冷水的杯子放下，在桌子上轻轻地递回樱刚才收拾到一半的企划书。

“只不过，这个我还是没法收下。”

“……好吧。”

樱低声答应后，戴着粉色假发的男人露出温和的笑容。

“真高兴你能理解。这家店的宗旨就只是给来店里的熟客做一些简餐，也没有余力发展新客人呢，而且……”

男人张开两手，强调了着一身晚礼裙装束的自己。

“你看店主这副德行，会把普通读者给吓坏的吧？”

刚说完，柜台角落就传来“哈哈哈”的大笑声。

戴眼镜的中年男子的大肚腩随着爆笑上下抖动着。

“那绝对会吓坏的，会吓出心脏病的。”

“喂！”

突然，里面那间房的门被打开，走出来一个戴着鲜红色假发的年轻异装癖。看到那天白天对她凶神恶煞的异装癖招摇登场，樱吓得僵直了全身。

“这话我可不能听了就算啊，刚才你说的‘会吓出心脏病’这句话，到底是冲谁说的啊？！”

可那异装癖看也不看樱一眼，直接去找中年男子抬杠了。

“那当然是冲你们说的了。吓死人了，吓出毛病来了。”

“你说什么哪？！”

见对方不肯善罢甘休，异装癖猛地朝中年男子扑了过去。紧接着一群戴着五颜六色各式各样假发的女装男人吵吵嚷嚷地从里屋走出来，把中年男子给包围了。

“喂，御厨！你快管管这些人！”

被一群异装癖压制住动弹不得的中年男子出声求救，可高个儿“女装男人”却装作没看见，把头扭向一旁。

“喂，听到没，御厨！”

中年男子实在无法招架异装癖的集体群攻，最后被他们拖到里屋去了。

房门刚被关上，客厅内立马就恢复了刚才的安详宁静。

这一切发生得既荒唐又突然，樱又呆若木鸡地愣在一旁，而其他熟客却都表现得泰然自若毫不在意，这种事难道经常发生吗？

“刚才那个孩子叫嘉达，是我们店里不可或缺的‘针线小妹’的其中一个。这家店，原来是从给这些‘针线小妹’做员工餐开始的。”

“您是御厨先生？”

樱学着被拖进针线屋内的中年男子称呼了他的名字，可“女装男人”却嘴里“啧、啧、啧”地竖起食指左右摇晃道：

“要叫我查尔，其他的名字我一概不理会。”

“查尔……先生……”

不由得跟着重复了一遍，查尔听到后满脸绽出笑容点头答应。

“好了，吃舒芙蕾最关键的就是要争分夺秒，趁它还没缩回去之前赶紧吃吧。”他催促道。

樱拿起勺子挖了一口糯栗和南瓜做的舒芙蕾，放进嘴里。

瞬间——

樱一下子就被那种美味征服了。

在糯栗轻盈松软的口感之后，南瓜虽然质朴却醇厚的甘甜又在嘴里扩散开来，那种香糯舒服的感觉浸透至全身每个细胞。等回过神来后，才发现自己已经忘我地一口接着一口吃起来。

这正是她最近心心念念想吃到的绵软口感啊。

不知不觉间，Gamelan Degung的曲子已经停了，取而代之在室内流淌的是萨蒂的*The Gymnopédies*。

二十三点，在一天宣告终结之前，大家都聚集在查尔这位宛如魔女般奇妙的店主身边，放松着身心，感到无比惬意闲适。

只要吃上一口这个舒芙蕾，那一天的“糟糕事”都能抛到脑后。

樱开始从心底羡慕起坐在这里的熟客来。

任谁都没有权利去打扰他们的这份充实和恬静。

樱悄悄地把柜台上的企划书放回了包里。

阴沉的天气依旧不见好转，虽说是秋天，但每天更像是在梅雨季节里。

而和初夏的梅雨期不同的是，日照时间越来越短，气温也一天比一天低，季节正开始慢慢从光明向黑暗过渡。

那天在咖啡馆里，委托人助川由纪子对樱说了一句让她觉得难以置信的话：

“这种事情经常有啦。”

在目瞪口呆、已经无话可说的樱面前，由纪子也没觉得有半点儿不好意思，用指甲涂得漂漂亮亮的手指端起茶杯细细的杯柄。

这次的第二回特辑，已经决定改为咖啡连锁店，而且对方还会来做赞助商。

“对于我们社来说，真是求之不得。他们也毫不吝啬特辑的页数费用问题。”

由纪子像是理所当然一样一边说着，一边喝光了咖啡。

想到自己这近两个月来在外面四处奔波的艰难辛酸，樱顿时全身无力地瘫坐在了沙发上。

有连锁咖啡店做赞助商后，原先“隐世咖啡店”的企划方案也在弹指之间灰飞烟灭。

“当然，这个订单还是你们的，并不会被取消，这一点请你放心好了。”

她的意思是希望让樱新写一篇关于连锁咖啡店新产品的报道。

“你这几天调查到的材料我们会想办法调整到其他月份刊号里去的。”

由纪子估计是想直接用这办法来把那些空白页给全部填上吧。

可是，在残暑的烈日下，背着装有样本杂志那沉甸甸的包东奔西走的那些时间……

被她毫不留情的修改要求折磨得连续加班到深夜，绞尽脑汁苦思冥想的那些时间……

一想到付出的这些劳动都是白费功夫，樱只能默默盯着自己的茶杯发呆。

那天被由纪子叫出去，两人在她家附近的咖啡馆里见了面。

大大的玻璃窗外面，被称作白金大道的道路两旁矗立着高大的银杏树，一直延伸向远方。手持五颜六色的雨伞、打扮时尚的男男女女在绵长的蒙蒙细雨中来来往往，和满眼望去都是一朵朵透明塑料伞花的新桥站前广场完全不一样。

再过一段时间，等银杏树叶开始变黄的时候，还会聚集很多观光客，非常热闹。

“说是银杏祭，在我看来除了很吵，没什么特别的。”

这种时候，由纪子依然站在她的富人阶级立场发表着见解。

“总之，接下来的工作还要拜托你们了。”

由纪子拿起账单，露出优雅的微笑。

价格相当于自己两份晚餐费用的咖啡，虽然才喝了半口，樱也只好站起身。

在对方去付账时，樱先走出了店。

等了许久也不见由纪子出来，当她转身透过玻璃窗看到里面的情形时吓了一跳，由纪子正专心地在玻璃商品柜里挑选着蛋糕，这个那个买了好多。

让店员帮忙把嵌有水果的水果塔和奶油蛋糕等装入盒子里，由纪子很自然地以她公司的名义开了发票。

“带回去的礼物吗？”

“对啊。”

樱凑上去问抱着纸袋走出来的由纪子，对方好像一点儿都不在意似的点了点头。

“我丈夫和儿子都很喜欢吃甜品。”

听到由纪子表情愉快地如此回答，樱也只好乖乖地保持沉默。

在回去的地铁里，樱的胸中酝酿已久的黑色情绪反复涌上心头，却无处发泄。

下班高峰期的地铁里挤满了人，每当车身摇晃的时候，就会被周围的人潮挤得喘不过气来。

自己之前那么烦恼，那么痛苦，流了那么多汗水，倾注了那么多时间，最后都被一句“这种事情经常有啦”给轻而易举地敷衍。

做得如此之绝，还好意思露出施舍般的嘴脸说这个订单不会被取消，叫人放宽心？

樱的脑子里回想起刚才由纪子明明是给家里人买礼物，居然若无其事地用公司的名义开发票的身影。

这种事情如今仍旧在一些公司内盛行。

虽然这件事也让她大吃了一惊，可一想到自己被叫去那家咖啡馆碰面的理由是方便对方公款私用，她就气不打一处来。

当然对由纪子来说这无非是一件顺便的小事情。

可真正被“顺便而为”的到底是自己还是甜点呢？

越往深处想，樱的心就在无法忍受的屈辱感下越染越黑。

即使如此，“主菜”也还是那个人。

从一开始，优胜方就早已内定好了。就算有多重口、多油腻，就算是根本无法下咽的东西，作为主菜大放光彩的也还是那个人。

自己只能是配在套餐里的野草碎屑，或是要多少就有多少的工蚁罢了。

在换乘的地铁站出来后，樱突然停下了脚步。

回过神来后，才发现自己坐上了一条既不是回公司也不是回自己公寓的地铁线路。

在满员电车里晃荡了大约一个小时，走出车站，来到长长的商业街跟前时，樱的意识又变得模糊了。

在冰冷的蒙蒙细雨中，她不由得迈步向小弄堂里走去。

山茱萸浓黑的树影出现在眼前，当她看到院子深处亮着的灯笼后，心底松了一口气。

可就在要按门铃的时候，她又开始犹豫不决了。

自己也不是熟客，一而再，再而三地过来打扰是否合适？

就在这时，她突然感到脚下有个软绵绵的、黑不溜秋的东西蹿了过去。原来是第一次在这里迷路时遇见的那只虎纹流浪小猫。

小猫迅速扭头看了樱一眼，又立马向前转过身，开始用爪子使劲儿抓挠面向院子的玻璃窗。

过了没多久，一个高大的身影出现在玻璃窗的那一头。

头上缠着丝巾的查尔刚打开玻璃窗，小虎猫就纵身一跃跳到了他的怀里。

“哎呀！”

怀里抱着小虎猫的查尔这才发现傻站在门口的樱。

"欢迎光临，今天你可是第一个到的人哦。"

他的脸上浮现出魔女般的神秘微笑。

"之前没能帮上你的忙，实在抱歉啊。"

查尔把马克杯放在桌子上后，第一句便道歉。

"不会，瞧您说的……该道歉的应该是我，那么失礼。"

樱羞愧地直摇头。

房间角落里传来"嘎嘎嘎"的抓挠玻璃的声音。原来是小虎猫吃完给它的熬高汤用的小杂鱼干后想要出去，就开始在屋子里面抓挠玻璃窗。

"能帮它把窗户稍微开一下吗？"

听到查尔如此拜托，樱把玻璃窗开了一条小缝。

小虎猫轻轻抬头瞄了樱一眼后，继续跟没事儿人一样跳出了窗外。

"这小猫也很势利眼呢。你别看它最近老往我店里跑，其实外面还有好多屋子是它的后院和厨房呢。"

可能是时间还早，今天晚上的查尔并没有穿晚礼裙，而是穿着一件贴身的高领汗衫。

他年轻的时候，难道练过什么运动吗？刚才把小猫抱在怀里的厚实胸膛，就像希腊雕塑人物一样。

"那……今天过来又有何贵干呢？莫非你也是想来自己的私家度假别墅放松放松？"

化着淡妆的查尔，看上去比想象中要英俊得多。

“其实，之前想拜托您接受采访的那个企划被取消了。”

“哎呀，为什么？”

“因为现在找了一家连锁咖啡店做赞助商，于是其他咖啡店的采访工作就没法做了。”

手中捧起马克杯后，樱能闻到香飘飘的肉桂味道，喝了一口下肚，胃里面也感觉变得暖暖的。

樱顿时将紧绷的心绪放松了，在看上去亦男亦女无性别之分的查尔面前，萌生出一种想对他倾诉一切的冲动。

“其实……我并不是那本杂志的记者，只不过是他们雇的撰稿人罢了。”

“就算他们雇的不是你，但写报道的仍然是你啊，我觉得这其实是一码事。”

“根本就不是一码事。”

又喝了一口肉桂茶，樱摇了摇头。

“我就像个空壳子。”

这话一下子就从嘴里说了出来。

虽说自己也算写过好多文章了，可其中没有一篇文章能保存下来。被每天不断刷新着的文章覆盖替换、冲刷淘汰，转眼之间就消失得无影无踪。

接到这次女性杂志的工作时，自己还以为终于天赐良机了，到头来却只是空欢喜一场。

“我真的非常努力地在到处收集材料，可是对方却扔来一句‘这种事情经常有啦’，就这么将我打发了。”

可就算这样，自己也还是会乖乖地按照由纪子的意思，换成连锁咖啡店的新商品继续写报道吧。

因为对樱来说，没有真正属于自己的文字。

踏入社会已经六年，不断有人给她强灌鸡血，让她“速度干活儿，多多干活儿”，不知不觉间，樱也学会了怎样去写毫无亮点但也说得过去的文章。

整天虽然忙东忙西，却都是些无法算到自己业绩上的工作。

“照现在这样下去，不管我怎么努力，结果也肯定是一事无成。遵从客户的意愿干活儿是被委托方应尽的义务，可这种活儿干得再多也成不了自己的业绩，再这样下去的话，我终究只能是一无所有，空无一物。”

但是，是自己选择了这条路。

因为——

其实，自己就是一具空荡荡的躯壳。

原因不在这个时代也不在其他任何方面，原因其实都在樱自己身上。

不管是考试还是恋爱，都没有认真对待过。

每次都是随波逐流，始终都在被动地接受，现在报应终于找上门来了。

现在她才发现。

空无一物的，其实正是自己。

紧紧握住马克杯，樱沉沉地低下头。

“如果觉得空无一物的话，去填满它不就好了吗？”

“欸？”

樱抬起头，发现查尔的眼睛直直地看着自己。

“你稍微等一下，马上就能好。”

查尔微微一笑，消失在柜台深处。

独自留在客厅的樱安静地倾听着轻柔的古典乐在房间内缓缓流淌。

这曲子她知道，是莫扎特的*Eine Kleine Nachtmusik*①。

记得曲名应该是什么小夜曲的意思吧……

莫扎特确实厉害。不管他的什么曲子，不管从哪一段开始听，都会让人觉得似曾相识。

可以听出里面天才的音色。

每个音符都有它自己的面容。

对于一介凡人的自己来说，这绝对是望尘莫及的。

真是可笑……

拿自己去和莫扎特比，那只会自取其辱。

樱转而把眼神投向了窗户外面。

漆黑的夜晚被灯笼里的灯火所照亮，院子里的山茱萸隐隐约约透着微微的朱红。

走到窗边凝眼向外望去，才发现树枝上结了好多绯红色的圆形果实。周围的树叶也逐渐开始变红。

还以为在这个季节，一切都只会慢慢走向黑暗，可她忽然间才意

① 《G大调弦乐小夜曲》，表现明快、优雅及富有魅力，又称《弦乐小夜曲》。

识到其实这也是个丰收结果的季节。

不知何时，雨已经不下了。

雨停过后的小弄堂悄然无声，仿佛只有这个院子被分离于繁杂纷扰的都市之外一样。

“让你久等了。”

查尔终于从柜台深处走了出来。

樱看到桌上放着的白色碟子后，兴奋地小声叫了出来。

盛有鲜艳的橘黄色浓汤的餐杯放在大大的白色碟子的正中央，以餐杯为中心，周围摆满了一圈又一圈五颜六色的蔬菜和水果。

就像围绕太阳旋转的行星和无数的星辰汇聚在这盘餐碟上一样。

“真漂亮……”

听到樱嘴里发出的由衷的赞叹，查尔一脸得意地凑过来。

“漂亮吧？这里面用的全都是我现做好的东西。”

查尔指着点缀在浓汤周围的一个一个“群星”开始解说：

“这是秋胡萝卜豆浆浓汤、西红柿果汁冻、葡萄酒醋拌无花果、油橄榄的水果泥、京水菜和杏仁拌小杂鱼、牛蒡和绿芦笋的腌泡汁、甜醋拌绿花椰菜和红辣椒、山芋和牛油果拌芥末、烤核桃……”

异黄酮、番茄红素、β-胡萝卜素、维生素E……促进女性荷尔蒙分泌的营养要素全都在这一道料理中。

“每天我在将这些菜装盘的时候都会稍微吃一点儿。”

“每天吗？”

“对啊。我虽然是个男人，但是但凡能让女性变美丽的东西我都来者不拒。也许可能只是心理作用，但就算这样也没关系。”

查尔缓缓地把手放在自己的胸前。

“如果觉得不够，那就装满它；如果觉得空虚，那就填补它。”

樱的心底深处，一盏小小的灯火被点燃了。

“来，快尝尝吧。”

樱拿起筷子，对着美丽的“繁星”犹豫不决了好久，最后还是先吃了西红柿果汁冻。那味道甘甜新鲜，就好像全身的各个角落都得到了滋润一般。

接下来樱又尝了尝芦笋，咬在嘴里清脆鲜爽的口感让人欲罢不能。

等意识到时，她发现自己的筷子已经完全停不下来了。

“怎么样？这一个一个都算是小份蔬菜沙拉，但全凑到一起也能算是一道菜品了呢。”

“非常好吃。光吃这两口，我就觉得自己变健康了。我真的已经很久没有一口气吃这么多蔬菜了，虽然我也知道自己的蔬菜摄入量不足，但要我自己做饭，感觉还是有些困难……”

“你不用把它想得那么复杂的。只是蔬菜和水果，里面就含有丰富的酶、矿物质和多酚。把西红柿切成片，淋上点儿柠檬汁和橄榄油，一道漂亮的沙拉就完成了。如果再撒点儿胡椒粉在上面，那风味就更是锦上添花了。”

“这种程度的话，我应该能够做好。”

“绝对没问题，不管什么事情，我们都能做到的。”

查尔把长长的手臂抱在胸前，双眼看向樱。

“虽然都说沙拉做不了主菜，可我并不那么想。从一开始就拥有一切的人生，你不觉得很没意思吗？你看我，不管怎么折腾都不可能成为真正的女人，但是，我也从来没有因此而产生放弃自己人生的念头。”

“查尔先生比世上一般的女人都要出色许多呢。”

“谢谢你的称赞。”听到樱的夸赞，查尔笑逐颜开。

“不过，你也毫不逊色哦，居然真的能找到我们店里来。这就完全说明在你内心深处有着相当分量的热忱，并不是一无所有呢。”

樱听后，惊讶地看向查尔。

他肯定从一开始就知道了。

从她第一次按下“MAKAN MALAM”门铃的时候开始，他就已经知道，那个装作是迷途小猫误打误撞进他店里的女孩，就是之前通过城之崎塔子来试探过他的无名撰稿人。

“不要紧的。”查尔低沉的声音在耳边响起，“感到痛苦，觉得困难，正表明了你在用自己的心灵和头脑努力思考，向前迈进着。”

所以，就算现在自己的前方一片黑暗，也不需要因此而绝望。

“烦恼有时候也是一种很珍贵的体验。”

难道说……

城之崎塔子也在这家店里，休整过自己长途跋涉后疲惫不堪的羽翼吗？

热腾腾的浓汤含在嘴里，樱的视线因为渗出的泪水开始变得逐渐模糊。

一无所有、空无一物的自己。

在将来是否能够有所改变呢？

不知何时手中的筷子已经停了下来。

豆大的眼泪“吧嗒吧嗒”地掉在桌子上。

“没关系的。”查尔伸出手安抚着樱颤抖的后背，继续安慰道，“就算有再多的缺点和不足，大家都是自己人生里的女王大人哦。我也一样，你肯定也不例外。”

樱擦干眼泪，查尔朝她露齿一笑。

“这道食谱是我特制的，我给它起的菜名是‘世界第一的女王沙拉’。”

十月过半以后，大街小巷满眼望去都是南瓜。

樱不禁感叹，万圣节什么时候在日本如此深得人心了？

万圣节结束后就是圣诞节，过不了多久就是新年了。

今天，为了给决定在年末结婚的璃奈买新婚礼物，樱去了自由之丘[①]。现在璃奈患了婚前忧郁症，每天晚上都会发一条长长的抱怨新郎不帮忙任何结婚准备工作的牢骚信息过来。

可牢骚归牢骚，看在美美的婚纱的分儿上，璃奈还是会头脑一热，勇敢地跳入婚姻的现实中去吧。

而自己——今年的圣诞节，看来也仍旧是加班加点的命。

自那次之后，樱就再没有去过查尔的店。

她的工作还是那么忙碌，下巴周围反反复复总是会冒一两颗红肿的痘痘。

① 位于目黑区的购物街区。

被住在“腐海”里的主编追在屁股后面催着赶紧交稿，樱每天都勤勤恳恳地努力做调查，到深夜还在敲键盘写稿子。

在某种意义上，也可以说是一点儿都没有改变。

不过，自己也开始学着做一些料理，之前觉得贵得不敢碰的水果也会慢慢买来吃了。

她发现，只要忍住想喝发泡酒和吃下酒零食的冲动，就算是现在的微薄工资也有闲钱买些当季的新鲜水果。

另外，要说还有什么其他变化的话——

最近樱跟学生时期一样，又开始读书了。

上下班的时候、等客户的时候，连在店里等菜上桌的时间都拿来阅读。

她也渐渐觉得，比起在那儿发呆干等，读点儿有意思的书更能缓解人的压力。

图书馆和二手书店能帮钱包省下一大笔。

又开始读书后，樱会一个人默默思考语言的力量。

目前光是处理手头上的工作已经分身乏术了，也没有想要做点儿别的事情的打算。

不过，将来总有一天，她还是想用真正的文字去填补自己空无一物的内心。

就像当年学生时代，她用嘴里的故事，把周围的同学逗得开怀大笑一样。

她想写一点儿能让人们振作起来的东西。

虽然自己依然只是一个承包编辑公司的短期合同撰稿人，但也绝不想把自己仅有一次的人生，满足并妥协于被他人奴役。

就算无法成为人生赢家（主菜），沙拉却还是有它自己的执着和坚持。

为了不放弃自己的事业，那就慢慢地，一点儿一点儿地，把不足的地方填满吧。

并且，有朝一日，一定会奉献上真正属于自己的——世界第一的女王沙拉。

CAFE

Chapter 4

除夕夜的降临节汤

把指定在上午要送达的货物全都配送完毕后，回到办公室的时候也早已过了正午。

黑光大辅踩着轻快的步伐向更衣室走去。

没有要二次配送货物的日子真是幸福。

配送地址是公司的话，一般不会有什么问题。可如果是公寓的话，就会有在指定时间送过去也没人应门的情况。这种情况虽然也能利用快递寄存柜，可运气不好的时候，连寄存柜都会全被装满。

每次碰到早上九点指定配送寄存柜就已经全部装满的公寓，大辅都会很纳闷。

为什么会有这么多人，连出来应个门都那么不情愿呢?

虽然其中或许也偶尔会有人在原本指定的时间里突然有急事不得不出门的情况，但按下门铃后的那段无人回应的沉默，总会让他产生被拒之门外的某种不快感。

现在是互联网时代，足不出户也能买到东西，不用出去见面也能与他人聊天，所以人才会变得越来越不愿意和现实中的人面对面吧。

总之，今天一切都很顺利，快递寄存柜也没有被放满，他早早地结束了上午的工作。

脱下快递工作帽换上鸭舌帽，再套上夹克衫后，大辅打下出勤卡。

再见了——

他看着“咔嚓”一声刻上去的下班时间，心里默念道。

再见了，这身俗世表象的皮囊。

他一边骑车一边注意避让着在长长的商业街内买东西的客人，一直骑到街道尽头后，他跨下了自行车。

在这之后的细长弄堂里把自行车骑进去会有点儿危险。不知道那些小野猫会从什么地方突然蹿出来，也保不准会撞到在掀塑料桶盖子的大得吓人的乌鸦，如果无法灵活控制方向的话，还会被横七竖八突出来的空调室外机给绊个嘴啃泥。

大辅老老实实地推着自行车，走进细长的弄堂里。

直到他看见种有山茱萸的院子和像一座古朴民宅的独幢房子。进入十一月后，山茱萸的叶子已经开始逐渐变红。

他把自行车推门后，在口袋里翻找钥匙。

他推开玄关沉沉的大门后，就能闻到一股带有异国情调的芳香。这间屋子的主人，在家里喜欢点一些混合了花草精油的熏香来驱虫和除臭。

大辅进到没有一个人的屋子里，打开走廊深处小房间的房门。

摘下鸭舌帽后先在大大的梳妆台前一屁股坐下。

凝视着镜子中的平头男人，他轻轻地叹了口气。因为无法接受自己这副样子，他之前也放荡过好长一段日子。

从那之后已经十年了，回过神来自己也都快三十岁了。虽然没找到一份安稳的工作，但离开家后，好歹也算是能把自己养得不愁吃不愁穿。

当然，这都是这家店的功劳。

大辅把手伸向梳妆台上排成一排的化妆品。

接下来的时间就要摒弃一切杂念了。

他在整个脸上均匀地涂上粉底，用眼线液重重地在上眼皮上画上眼线，最后再粘上好几层假睫毛后，眼睛看上去立马能有原来的两倍大。

令人心情愉悦。

看着镜子里面不断在变化的脸，没有比这更能让他开心的事了。明显看得出剃须后的痕迹部分就用高光遮瑕笔仔仔细细地修饰掉，然后再在颧骨的位置点缀上玫瑰色的腮红。

眼影用的是紫色珠光亮粉眼影。

唇膏是今年流行的葡萄酒红色，在嘴上反复涂几层，看上去会更加光彩夺目。

最后再戴上轻盈蓬松的鲜红色长假发——

欢迎做回真正的自己。

再见了，黑光大辅，那身俗世表象的皮囊。

这才是真正的我。我是嘉达。

按下CD机的“开始”按钮，顿时轻快的室内音乐流淌出来。

嘉达在针线房里，把刚做完叠在一起的裙子标上标签，一件一件小心谨慎地把衣架套在里面。

之后，他又在山茱萸的树枝上挂上“舞蹈时装专门店 查尔”的看板，并在树根下摆好高跟鞋的展列台。这些可不是普通的高跟鞋，最小的也有四十一码，最大的连四十九码都有。

只要在铁杆衣架上挂满那些华丽耀眼的衣服，这个院子转眼之间就变成了服装店。

为了招徕顾客，把特别推荐的一套给人偶模特穿上，还不能忘记再配点儿小饰物点缀一下。

嘉达可以拍胸脯保证，只要看到这家店的布置和品位，绝对不会有一个同类空手而归的。

突然间，脚下传来猫叫声。

一只小虎猫正在用它的脑袋使劲儿蹭着自己的脚。

“稍微等一下哦。”

嘉达轻轻抚摸了一下它那软和的后背，从厨房里拿出熬高汤用的小杂鱼放在它的面前。小虎猫用鼻子反复闻了好几次，最后狼吞虎咽地咬起鱼干来，它用那小巧的下巴拼命啃食的样子看上去真是可爱极了。

这只小猫第一次迷路来到院子里的时候，还是天气炎热的盛夏。一个台风登陆的夜晚，听到它“喵——喵——”地大声叫唤。嘉达打开玻璃窗打算放它进来，可刚开始它仍然战战兢兢地不敢靠近，无奈最后只能在屋檐下放了一碗小鱼干。第二天早上，发现它蜷缩在吃得干干净净的盘子旁边睡得香甜无比。

它的警惕心也只在一开始比较高，现在已经会时不时地像这样子溜过来撒娇要饭吃了。

“做猫真好啊。我多想像你一样光靠天生的可爱劲儿卖卖乖就能在这世上活下去啊。”

当他抚摸着小虎猫光泽亮丽的皮毛时，突然从外面小弄堂那儿传来热闹的谈笑声。

现在是傍晚时分，应该是走秀酒吧的“异装皇后”在去上班的路上顺便来店里逛逛吧。才刚过中午，这群“姑娘”虽然还没有化好浓妆，头上却已经戴上了五颜六色的假发，故作娇态地用粗犷的声音大声说笑。小猫吓得睁大了浑圆的眼睛，眨眼之间就消失在了门外。

“你们呀你们，能不能稍微安静一点儿？这么招摇过市，谁看了都知道是一帮子异装癖，邻居要嫌你们扰民了，连猫都被你们吓跑了。”

嘉达冲他们发牢骚后，娇滴滴的骂声排山倒海般向他袭来。

“哎哟，这是对待客人该有的态度吗？”

“你自己才是全副异装癖武装呢。”

“没错，没错。我们起码还知道注意着装的TPO原则，穿了牛仔裤过来呢。”

“你只不过就是个看店的，在那儿得意什么？反正我们回头会跟查尔告状，说你待客态度很有问题。”

没有化装的“异装皇后”一个接一个地凑过来连番数落，其中一个戴帽子的“异装皇后”突然发现那个人偶模特身上穿的裙子，当即就被吸引了过去。

“不会吧？！”

他用手捂住嘴巴，呆立在那儿。

“这个……该不会就是我之前定做的那条裙子吧？”

眼看着他由于兴奋过度，一阵潮红涌上脸颊。

纯黑色的绸缎上绣有施华洛世奇的串珠和白鸟之羽的图案，是嘉达引以为豪的自信之作。

“你猜得没错。另外再告诉你，最后绣上这些串珠和图案的可是我哦。我给它起名为‘十二月的夜之女王’——”

他话还没说完，就被戴帽子的“异装皇后”给一把抱住。

“哇啊！怎么会有这么漂亮的裙子！比我想象中的还要美十倍呢！”

“真的太棒了！感觉有点儿梅尔菲森特[1]的味道呢。”

其他的“异装皇后”也面露歆羡之色。

自己的手艺能被别人这样夸赞，嘉达心里当然喜滋滋的。

他打开玄关的大门。

“大家都快进来吧。我们还做了好多准备在圣诞节卖的手工造花

① 童话《睡美人》中的反派女巫。

小饰品，快接近年末了，你们谁要定做裙子，得赶紧趁现在这最后的机会哦。”

“异装皇后”们一下子欢呼雀跃。

“年终联欢会旺季时走秀场的准备虽然也会很忙，但也还是想在圣诞节的时候能买一条平时可以穿的裙子呢。”

“明明连对象都没有，买新裙子是打算什么时候穿啊？”

“真是的，不要说这么讨人嫌的话嘛。”

“异装皇后”们互相拌着嘴，一窝蜂地涌进店里。

把招揽生意用的人偶模特收进玄关后，嘉达也准备跟着进屋，可前脚还没踏进屋内就听见门铃突然响起来。

转过身，发现院子栅栏门外站着一个男子。

又来了……

冲“异装皇后”们喊了声让他们自己随便参观针线房后，嘉达走出屋外，从背后拉上玄关大门。

“店主今天去哪儿了？”

他们这些人，就算三番两次地被拒之门外，过了几天又会毫不介意地再次出现，脸皮真是厚得无懈可击。

“店主今天外出了，不管你们来多少次，结果都是一样的。”

话说得再多也只会徒增自己的愤怒，所以要尽量直截了当地挑明立场。

可这男的却一点儿灰心挫败的样子都没有。

“这样的话，能麻烦你将这封信代为转交给店主吗？虽然我已经在信箱里放过好多次了，但看上去你们应该还没有看过里面的内容。”

那男人自说自话地打开栅栏门进到院子里，塞过来一个信封和一张名片。

“帝国之家 代表 小峰幸也”这名片已经被他撕毁过好多张，其实这男人的名字他早就烂熟于心了。面对不管被赶回去多少次还是一副毫不在乎的态度又出现在自己眼前的幸也，嘉达感到简直不可理喻。

他看上去年纪应该比自己大一点儿，明明还很年轻，却老穿着一套剪裁贴身得像是为他量身定做般的昂贵西服。人长得也还不错，如果只是在街上擦肩而过的话，也许还会让人想再回头多看一眼，但目光却出奇凌厉。

嘉达对这种人非常了解。

高中时代经常玩在一起的小团体中，就有很多眼神如此的男孩儿。

“要说多少次，你才会明白啊？店主是不会把这里卖掉的。”

虽然换了强硬的口气，信封也推回还给他，可幸也丝毫不为所动。

“请不要这么说嘛，总之就算只看一眼也好，这方案对贵店来说是非常有益的。”

语气听上去勉强还算是客气的，但眼神明显已经变了味道。

如果是高中生的话，此时已经是发展到决斗的地步了。

很久之前，这座小镇还是闲适的郊外，自从新的铁路快线在这里设置了站点后，突然间房地产变得兴盛起来。站前广场也以惊人的速度被重新开发，这条历史悠久的商业街开始受到威胁。同时，房地产商们似乎打算把商业街周边的古旧独户房和木造公寓都拆掉，重新投建更加迎合高收入人群的大型分售公寓。

一开始的时候，来这附近上门做业务的都是些看见嘉达那身打扮就吓得浑身发抖、拔腿就跑的入职新人。最近，像幸也这种目光凌厉的男人渐渐多了起来。

“恕我直言，其实这一带大多数公寓的房东已经对我们提出的条件欣然接受了。”

按他们的说法，如果能答应一起搬走的话，这块并没有面向大马路的土地，他们也可以按站前地段的同等价位买进。附近廉价公寓的房东们一听到这个比现在房租收入更加优厚的条件，立马表现出强烈的兴趣。

“如果到最后都谈不拢的话，我们也可以只留下你们一家店不拆，在旁边直接造一幢高层公寓。你要想想如此一来，会有什么后果呢？这里就一年到头晒不到太阳了。”

幸也的语气里带着某种威胁的口吻。

“如果真演变成那样的话，这里又不靠近大马路，房价肯定是一落千丈。将来万一有个意外该怎么办呢？搞不好拿这房子做抵押都没人肯要啊。”

“要你多管闲事啊！”

终于，嘉达一把摘下红色假发。

“你以为有觉悟做异装癖的人会对将来的事畏首畏尾吗？”

嘉达毫无保留地在对方面前露出自己的平头，气愤地连声斥责。

“怎么了，怎么了，发生什么事了？”

听到骚动的“异装皇后”们推门出来看热闹。

“真讨厌，又是房产商？”

“是土地开发商吧？烦不烦人啊。”

“真是恶灵，一群恶灵。”

“我说，你得要明白，如果这家店不在了，我们可是会很为难的。”

听着门口玄关接二连三冒出来的异装癖你一言我一语，幸也不耐烦地咂了一下嘴。

“总之，请先把这情况向店主转告一下。”

说实话，看到幸也终于打算告辞，嘉达的心里如释重负。

可是，刚出院门，他又突然转过身说道：

“我还会再来的。”

目光凌厉地瞥了他们一眼后，幸也快步离开。

十一月，太阳下山下得特别早。下午五点多，换作是盛夏的话，天应该还亮得跟正午一样，现在已经黑得如同深夜了。

只剩自己一个人后，嘉达坐在针线房的地毯上，在固定有刺绣绷的亚麻布料上绣着玫瑰花。为了绣出花瓣的光泽度，必须得一针一线地、慢慢地用不同颜色的线来绣。比如说要完成一朵粉红色的玫瑰花，除了深色粉红、浅色粉红，还得准备青紫色和浅紫色的线。

想要绣得漂亮，秘诀就是一定要从花瓣中央开始入针。从中央开始，慢慢绣出均匀的、如放射线一样的针脚。这个时候，想要突出布料质感的话，就要长短针交替着绣，这种手法叫作长短针迹组合针法。

在店主设计绘制的底图上一针一线认真细致地绣满绵密的针脚。

在刺绣方面，嘉达可以说是大家公认的高手。

尽管学生时代做事情还完全不能集中精神，不过嘉达一旦像这样开始刺绣的话，周围纷扰的杂音自然而然地就会消失不见。只要专心忘我地运针送线，不知不觉间玫瑰和蝴蝶的华丽纹样就能跃然布上，这种感觉真是奇妙无比。

嘉达因为太过沉浸于自己的刺绣世界里，以至于连店主回来了都没有发觉。

“辛苦了。哎哟，居然都没开空调，你不冷吗？”

突然有人跟他说话，才使他回过神来，而且，连窗帘都没拉上。

戴一顶针织帽的店主，穿着黑色毛衣，外面披了一件焦黄色外套，下身配了一条胭脂色的休闲裤，脖子上围了长长的围脖，他这一百八十厘米以上的高个子穿上这身行头很是好看。

轮廓清晰如希腊雕塑般的脸庞一点儿都不像日本人，再加上那结实健美的体格，实在很难让人相信他居然和每周来店里做客的那个患代谢综合征的中年教师以前是同班同学。

如果最初相遇时，他是这副打扮的话，说不定自己早就被他迷得神魂颠倒了。

可真要是那样的话，这份恋情到头来也只会无疾而终。

“嘉达”这个名字也是店主起的，而他则管自己叫作“查尔”。

这里卖的那些形形色色、妖艳华丽的裙子，设计大多都出自店主之手。他之所以要自学服装设计，主要原因是找不到适合自己尺码的现成裙子。

也就是说，查尔和嘉达一样，也是属于穿裙子一方的成员。

突然，查尔的视线移到被扔在地上的那个信封上。

“帝国之家的人，又来过了吧？”

“大姐，这破玩意儿咱不用去管它啦。”

虽然对嘉达的话表示赞同，可查尔还是弯下腰捡起信封。

“那个房地产公司的人，以前肯定做过小混混，我看得出来。”

嘉达把绣绷放在膝盖上，冷嘲热讽道。

“不过他现在有正经工作，跟你一样，所以也算是好好改过自新，重新做人了。”

“这可不好说。你要想，他不是土地开发商嘛，搞不好，还会直接找辆铲车开进店里把屋子掀了。”

“这怎么可能？又不是泡沫经济那会儿。现在房地产公司不会这么乱来的啦。你明明年纪还小，知道的怎么净是这些奇怪的事情呀。”

查尔脱下外套，微微一笑。

“其他的‘针线小妹’马上就要过来了，我去准备茶水。”

把信封夹在腋下，按下空调开关后，查尔走出了房间。看着他离去的背影，嘉达心里开始后悔没早早把信给处理掉。

最近，查尔一直很忙，和之前相比，白天出去的次数越来越多。

嘉达对查尔如同“姐姐”一样，不希望他再这样过度操劳下去。

没过多久，结束白天工作的针线小妹们，三三两两地进到屋内。

“晚上好。”“天越来越冷了呢。”“大家晚上好啊。”“辛苦了……”

大家你一言我一语地打完招呼后，就各自埋头于自己的工作中了。

有的人跟嘉达一样，先坐在梳妆镜前精心地打扮化妆，有的人只换上裙子、戴上假发，完全不在意脸上未施任何脂粉。

如果只按男女这两大类别进行粗略划分的话，毋庸置疑，这里所有的人肯定都是游走于这两种类别之外的存在。可是，就好比男人和女人里面也有各式各样的人一样，事实上在他们这些被社会一概而论定义为“异装癖”的群体当中，同样也存在好几种分类。

有人只要穿上女性的衣物，身心就能得到放松；也有人如果不通过整形和注射荷尔蒙来让肉体不断朝女性转变，心就无法得到安宁。而这些人，表面看上去和普通男性基本没有两样，其中有的已经有家室。

即使如此，他们所有人都有一个共同的特点，那就是只要一进到这间屋子后，他们都会像做深呼吸一样，卸下肩上所有的压力。

几乎每个来这里干活儿的“针线小妹”都在外面有工作。白天身上穿着笔挺的西装，在公司里办公，傍晚则到店里或是走秀酒吧里做又唱又跳的“异装皇后”，在性别障碍患者中其实应该算是少数派。

“刚到十一月份，街上已经开始洋溢着圣诞节的气氛了呢。”

一个身穿西装、看上去只是普通公司职员的中年男子对嘉达说道。

“哎呀，嘉达，你正在绣的这个真好看。”

“好看吧，我打算再装个金属卡扣，将它做个小化妆包呢。”

"我也好想要一个这样的包包啊。"

平时，嘉达他们只会聊一些无关痛痒的话题，不到万不得已的时候，是不会去打探对方的私生活的。他们也都用查尔起的爱称来互相称呼，好多人连对方的真名都不知道。

不过这个叫"克里斯塔"的男人，亲口告诉嘉达，他因为实在太喜欢这家店了，所以就搬来附近的一间公寓住了。连嘉达住的地方离这里都还隔了一站地铁，看来这个男人对这儿绝对是真爱。

"你看，我还是单身，也没有伴侣，从某种意义上来说，无牵无挂一身轻嘛。"

克里斯塔说完，羞涩地笑了一下。

头发稀疏、身材微胖的克里斯塔，乍看上去就是个上了年纪的普通大叔，实际上却有着不为人知的浪漫情怀——在他西装的内侧口袋里，始终藏着一朵深紫色的造花。

不知不觉间，屋子里开始回响起美妙的钢琴声。

查尔似乎打开了立体音箱的开关。

"这是肖邦的《船歌》吧？就是他和喜欢女扮男装的女作家乔治·桑的恋情陷入僵局时所创作的名曲。曲子中所流露出的寂寞感直击胸腔呢。"

做了个擦眼泪的动作后，克里斯塔沿着纸样版开始剪裁布料。

嘉达也继续专注于手边的刺绣活儿。

也许是听了克里斯塔那番话的缘故吧，流淌在耳边的钢琴旋律现在听上去竟然透着些许哀伤的味道。虽然比较喜欢轻快舒缓的室内音乐，但这种古典乐其实也不错。

喝着查尔泡的带有一丝甘甜的肉桂姜茶，和喜欢针线活儿的朋友一起在惬意舒适的房间内，打扮成自己喜欢的样子，不用在意旁人的目光，尽情发挥自己的一技之长。

在这里制作的所有裙子和饰品都是只此一件的手工品。目前在街头小巷间也有了口碑，除了其他的“异装皇后”，连在超市工作的大妈也会来订购用于她们的社交舞爱好的服装。看到绝对称不上富裕的她们，为了脱离日常琐事、获取片刻自由，按月分期来买裙子的身影，嘉达做起刺绣活儿来也更用心了。

比起给名流贵妇做衣服，给平时生活踏实勤恳的“灰姑娘”做起衣服和饰品来才更能激发他的制作热情。

而且，这样会让他产生一种像是置身于小时候非常想进的手工艺俱乐部那样的奇妙感觉。

小学时，看到女孩子们在玩针织线绳编织，嘉达也非常想试一试。但如果他说出去的话，绝对会被人说。

作为一个爽朗活泼的男孩子，他怎么都放不下那份矜持去学女孩子的样子玩针织。

虽然当时的自己还不够成熟，但也已经明白，从记事起就隐隐约约能感受到的这份冲动，不是简简单单地用玩笑话就能糊弄过去的。

所以，他总是强迫自己要往内心所想的反方向走。胡乱莽撞地踏出脚步，却踩空了好几层台阶，当他回过神来时，已经再也无法控制住自己了。

在真正想做的事情面前畏首畏尾，不管到哪儿都感觉不踏实，连自己到底是谁都难以认知，无时无刻不处在异常的焦虑和困惑中。

这种情况在他中学时已经非常危险了，进入高中后踩空台阶的情况更是变本加厉。

头脚颠倒着不断向下坠，不光伤害了自己，还狠狠伤害了周围包括至亲在内的所有人。

如果就那样一直掉进无底深渊的话，自己到底会变成什么样呢？

就算是现在，只要一想到那些，他仍然会感到脊背发凉。

如果那个时候没有和查尔相遇的话……

不，那并不是“相遇”那么轻巧简单的事情……

他突然停下手里的针线活儿，门的另一侧飘来一阵香喷喷的好闻的味道。

“肚子有点儿饿了呢。”

和克里斯塔眼神相对，两人不由得立马异口同声地说道。

“好了，伙伴们，晚饭做好了哦。”

查尔戴着粉红色的波波头假发，换了一身鲜亮夺目的晚礼服，打开针线房的房门。

接下来要享受的是在店里的另一种乐趣。

就是查尔每次精心制作的那一道道搭配有丰富蔬菜的员工伙食餐。

“到了这个季节，大家都想吃点儿热腾腾的汤品了吧？好了，都到外面厅里去吧。”

听到查尔的邀请，“针线小妹”全都两眼放光、满怀期待。嘉达把圣诞玫瑰式样的造花针扣发夹戴在假发上后，和克里斯塔一起走出了房间。

看到一整个大锅里做好的颜色鲜艳如同红宝石般的汤，嘉达和克里斯塔都欢呼雀跃起来。

“迷迭香风味的烤蔬菜和放了冬胡萝卜的火上锅[①]。可以搭配刚烤好的杂粮面包一起吃，快尽情享用吧。”

飘着腾腾热气的火上锅里能看到零星的大块带皮土豆，配上加了莳萝、由浓郁豆奶调制而成的奶油，让这锅汤看上去也非常好看。煮得透烂的洋葱和冬胡萝卜味美香甜，调味用的大蒜香味既能够刺激食欲，吃的时候和带有酸味的杂粮面包搭在一起也是绝配。烤过的南瓜和莲藕表面咬上去喷香酥脆，里面却松软热乎。

平时，嘉达在饮食上面，吃的那些东西实在是不敢恭维，而查尔做的员工伙食餐里所蕴含的丰富营养，仿佛能把平日积累的那些负能量全都抹掉。

为了吃员工伙食餐而特意过来的熟客也越来越多，渐渐地，这里在晚上就成了名为“MAKAN MALAM”的深夜咖啡店。“MAKAN MALAM”在印度尼西亚语里面好像有“夜宵”的意思。听说一年要去好几次巴厘岛进购布料的查尔，在那里吃了某个小摊上的夜宵后，如同悟道般被其惊人的美味开了灵光，所以才将店命名为这个的。

晚上的熟客和白天来店里买裙子的顾客群又有所不同，不光是性别障碍者和舞蹈爱好者，还会有加班回家累得精疲力尽的女性，或是独居在附近廉价公寓里的老人。

---

① 法语Pot-au-feu，是法国饮食文化中一种具有代表性的菜式。类似于俄罗斯的罗宋汤，大体上以一盘牛肉倒入用蔬菜及香草调味过的清汤，用微火长时间慢炖即可。

查尔以前的同学，那个老是身体后仰、坐在柜台座上的患有代谢综合征的教师，每次暴饮暴食后都会过来喝两杯清茶。

“我来这里之前，基本上都不怎么吃蔬菜呢。”嘴里嚼着南瓜，克里斯塔轻声说道，“虽然耳边也一直听别人在说什么养生膳食，但总觉得有种穷人才吃的寒酸感。不过在尝了查尔做的料理后，我之前的观念整个儿转了一百八十度呢。分量又足，味道又丰富，最重要的是对肠胃一点儿负担都没有。我也是生平第一次知道，原来有助于美容的食物居然也能如此满足胃口。”

自从克里斯塔来了这里后，虽然有些微胖但感觉他的面容越发干净清爽了。

“确实，我也觉得你变好看了。”

“丑八怪也有丑八怪的努力方式嘛！”

露出毫不张扬的欣喜之色，克里斯塔微微皱起眉头。

“不过，最近碰到了一点儿让我挺头疼的事情。”

搬家后，克里斯塔终于习惯了新公寓的生活，可房东却通过房地产公司的人告诉他公寓的租赁服务可能会停止的消息。嘉达听到这话，停下手中正在舀汤的勺子。

眼前浮现出白天幸也威胁他说这一带公寓的房东都陆续开始答应搬出去时，那双犀利的眼神。

“前段时间才刚刚续签了合同，这也太过分了，要是真被迫搬出去了，那我岂不是又要在这附近重新找房子住？”

克里斯塔也许还没意识到，搬迁的事情已经覆盖到了这一片区域内所有的住宅公寓。

“这事情，有多少确定性？”

“其实我也不是很清楚……”

嘉达不由得试探性地问道，克里斯塔困惑地用手摸着脸颊。

“刚刚搬进公寓里的时候，那个房东奶奶住在一楼，当时还挺亲切的，偶尔碰到也会聊聊天。”

可自从那个房东奶奶去世之后，接手继续做房东的她的儿子、儿媳就从来没有在他面前露过面。

“好像住得离这里挺远的，物业管理和房屋合同全都是扔给房屋中介做的。续签合同时，他们最多就在合同上面看一下名字。”

最近，为了避免和房客产生纠纷，好多房东都会把大大小小的事情全权交给房屋中介处理。

“我说，这事情……”

嘉达刚想说些什么，突然，背后有人轻轻拍了拍他的肩膀。

他回过头，一位身材矮小的白发老妇人非常客气地上前问道：

“你头上这个针扣发夹我也很想要一个，请问，卖不卖？”

老妇人指了指嘉达假发上戴着的圣诞玫瑰式样的造花针扣发夹。这是克里斯塔倾尽全部精力制作的造花饰品。

看到有顾客找上门，克里斯塔一下子紧张得脸全红了。

“当然可以！如果您有时间的话，我们一起来商量一下颜色、款式吧？”

嘉达一边吃着火上锅，一边远远地看着并肩坐在沙发上的两个人。

这位和蔼可亲的老妇人，几乎每天晚上都会过来吃夜宵，是

“MAKAN MALAM”刚开张那会儿的熟客了。她也住在这附近的公寓里，应该是一位独居老人。白天，有几次正好看到她在清扫被乌鸦弄翻的塑料桶里的垃圾杂物。

“如果到最后都谈不拢的话，我们也可以只留你们一家店不拆，在旁边直接造一幢高层公寓。”

白天幸也低沉的声音回响在他的耳边。

如果……真的演变成那样的话，那些像她一样独居在廉价公寓里的老人，究竟该何去何从呢？

为了经济发展这种冠冕堂皇的话，归根到底不过是大企业里的那帮人散布的社会谣言罢了。

包括自己在内的低收入人群，根本得不到半点儿好处。

欺人更甚的是，居然连这种郊外的小弄堂，土地开发商还要过来找麻烦。

有时候，嘉达看着这些深夜时分惬意地坐在店里沙发上享受着夜宵的人，会自然而然地联想到停靠在栖木上修整羽翼的候鸟。

没有可以停靠的栖木，候鸟们就会沉落在大海里，吞没在滚滚的波涛之中。

在鸟群中，还能找到店主查尔的身影。

“我才不会眼睁睁地看事情就这样发展下去！”

嘉达小声发誓。

进入十二月后，街道的风景完全变了样。

说得更准确一点的话，变化的其实并不是风景，而是人的动作变快了，就像DVD影像用一点五倍速来观看时的那种感觉。

看着往来于人行横道处、穿着臃肿、小步疾行的人潮，嘉达拉下手刹，心里面不禁感叹终于要到年关了啊。

圣诞节礼物、新年礼物，到了这种大家互送礼物的季节，物流行业也将迎来他们的繁忙期。嘉达工作的这家小型快递公司，主要承包一些像是大公司忙不过来的清早指定时间段内的小单子，可一旦到了这个时期，小公司也会和大公司一样，接到好多新年礼物的配送订单。

“真的快忙死人了。虽然大家嘴里都在说什么不景气，可我就纳闷日本公司怎么到现在还不把这部分经费给削减掉呢？还是说其实日本经济是在走上坡路？”

坐在副驾驶座上的这个叫仲本的中年男人回头看了一眼装货台。

“这一车装的全都是新年礼物吧？看上去不是啤酒就是果汁，一天搬下来，我的老腰估计要吃不消啊。”

看来仲本说话的时候习惯把句尾拖得老长。

通常配送作业基本上都是一个人做的，因为仲本今天是第一天上班，就被安排跟打工资历相对较老的嘉达一起做搭档了。

从刚才开始，仲本就坐立不安，嘴里絮絮叨叨个没完没了。他原来工作的街道工厂倒闭后他丢了工作——一直到八十岁还在一线干的、白手起家的厂长一住院，以前从来没踏进工厂一步的长子突然就过来，直白地将工厂关闭的消息告诉了他。

“真是个没心没肺的家伙。他父亲穷尽一生辛苦经营到现在的工厂，做儿子的完全就没有一丁点儿留恋啊。满脑子打的都是将这块地赶紧空出来，在产生遗产税之前迅速卖掉的鬼主意吧。”

“是吗？”

“不管怎么说，工厂毕竟在东京内，也不愁没人买。”

“是吗？”

嘉达没精打采地应声道。裹在这身皮囊之下，实在是让人打不起精神来。

“话说，黑光君你在这里打工，已经多长时间了？”

“快有五年了吧。”

刚回答完，仲本就瞪大了眼睛。

“欸！都已经干五年了，还只是兼职？我是不是被这公司骗进来的啊，面试的时候跟我说，只要坚持半年，起码升到短期合同工是没有问题的。”

“啊，我是因为不想值太多班，对我来说做兼职更方便。这份工作做着还挺自由的。”

将来也完全没有要结婚的打算，如果只是养活自己一个人的话，像现在这样已经足够了。不管怎么说，现在的自己只不过是俗世表象的伪装罢了。

“是这样啊。黑光君应该是有其他想做的事情吧？”

不知道嘉达内心真实想法的仲本，随意地得出了自己的结论。

“你给人的感觉就像是搞音乐的呢。”

“不，这个真的是你想多了。”

又不能对他讲，自己其实是在做刺绣和手工饰品。

“年轻真是好啊。”

“我也没那么年轻啦，马上就要三十岁了。”

“三十岁还好嘛，你看我，都已经四十岁了。”

仲本低下头，开始正儿八经地发起牢骚来。

“照这么下去，结婚也肯定没戏，一想到将来到底该怎么办，心里真的很焦虑不安。眼看就要四十岁了，还要重新开始找工作真是要人命啊。果然还是东京本地人占便宜啊，再怎么说，老家的房子可以拿来做资产啊。”

“我虽然是东京本地人，但老家的房子其实是租的。”

嘉达板着脸冲他回道，仲本听后挠了挠头。

“是……是这样啊，不好意思我失言了。在东京内有自己房产的其实只到团块世代[①]为止啊。黑光君父母的年纪应该还要再小一些吧……话虽这么说，我老家在茨城，地方虽然属于茨城，但并不是筑波那一带，人口也一年比一年少，那里就算有土地，也根本谈不上资产，更别提还要缴什么遗产税了，一想到这儿我就……”

听着仲本的碎碎念，嘉达心里开始感到越来越焦躁。

突然间，脑海里浮现出上周见到的那个胡子拉碴的男人的脸。

“如果在东京内有土地的话，你会卖吗？”

自己还没反应过来，已经问出口了。

“要是能卖个好价钱的话，当然会卖了。”

仲本立即回答，恰巧等了很久的红灯也在此时变绿。

① 是指日本战后出生的第一代。词源出自堺屋太一的小说《团块的世代》。用“团块”来比喻这个世代，是指这个世代的人们为了改善生活而默默地辛勤劳动，紧密地聚在一起，支撑着日本社会和经济。

松开手刹，嘉达重新踩上小卡车的油门。

“啊，现在想来其实也没错。不管是谁肯定都想过更好的生活嘛，我也没有权利在这儿骂厂长的儿子没心没肺啊。”

嘉达只当仲本的感叹是耳旁风，心里回想起上周碰到的事情。

十一月的最后一周，那是在他结束送货的工作后，跟往常一样准备去店里看店的时候发生的。

叶子已经完全变红的山茱萸，落叶开始在院子里纷飞。他打算稍微扫一下落叶后再把商品摆出来，于是在换好女装打扮之前先拿着扫把和簸箕回到院子里。这时，栅栏门前却站着一个土里土气的陌生男子。

“请问……你是这家店的店主吗？”

穿着连帽卫衣和运动裤打扮的男人，看着也不像房地产公司的人，松弛的下巴上长满了青色的胡楂儿。

“不是，我只是看店的帮工。”

“那能请你帮忙将这封信转交给店主吗？”

男人打开栅栏门进到院子里，将一个信封交给嘉达，不光态度强硬，眼神还始终刻意回避。

“请问，您是哪位？”

男人把信封塞给还在问他话的嘉达后，一溜烟儿地跑走了。

难道是——对“异装癖”有不满情绪，过来抱怨的吗？

看他这种完全不考虑对方感受的态度，嘉达心里首先想到的就是这个可能。不幸的是，世上偶尔也会存在少数人患有这方面的恐惧症。

然而，事情却并非他所想的那样。

晃眼的午后阳光投射进车内，嘉达眯起眼睛扭转方向盘。

烦恼了很久，他最后还是打开了那封信，但信上所写的投诉内容比恐惧症还要让人为难。

那个男人是附近公寓的房东。

他想趁土地开发地价被炒高的时候把土地卖出去，但查尔的店却执意不肯搬，让他感到很为难。这份抱怨书还代表了附近所有公寓房东的全体意见。

将意见用A4纸打印出来，洋洋洒洒写了好多有的没的牢骚话。最后，代表人那一行的署名是“木之元”。

说不定，是那个“帝国之家”的小峰幸也唆使他们这么做的。

嘉达不敢把这封信给查尔看，到现在信还保管在他那里。

那个家伙……

最近都看不到他的人影，心里还觉得奇怪，原来是在一个个拉拢周边公寓的房东啊。

他肯定打算暗地里使软刀子，最后把我们逼到走投无路，只好卷铺盖走人吧。

“少在那儿戏弄人！”

越想越气，最后他实在忍无可忍，大吼了一声。坐在副驾驶座的仲本被吓了一大跳，一脸诧异地看向他。

“啊，没事没事。”

嘉达赶紧堆出满脸的笑容回道，仲本被吓得完全僵在那儿。

傍晚时分，嘉达骑着自行车穿梭在商业街内，突然一辆傲慢无礼的宝马车横冲直撞地驱散了购物的人群。

搞什么啊，这到底从哪里冒出来的，居然在购物高峰时间乱来！

嘉达恶狠狠地看向驾驶座，紧接着大吃了一惊。

穿着一身西装的幸也，手握方向盘斜眼看着周围的人潮，手腕处还能隐约看到分量十足的金手表。

当时，嘉达还想对他比个中指挑衅一下，可自己穿着一身烂大街的羽绒服，对方根本就没有注意到他。

目送着一驶而过的宝马车，嘉达大声咂了咂嘴。

开的是宝马，戴的是劳力士，都是烂俗的土豪货。

那家伙，搞不好是金盆洗手的县级城市小混混。

来到商业街的尽头，嘉达跳下自行车。

他把自行车推进那条细长弄堂里，正好看到熟客中的那位白发老妇人在清扫落叶，全白的头发用淡紫色圣诞玫瑰针扣发夹夹成一束。

“你好！”

嘉达用手抬起鸭舌帽的帽檐向对方问好，可她停下手里的扫把，一脸困惑的表情。

“是我呀，是我！”

略作娇声重新上前搭话后，老妇人好像终于认出他来，脸上渐渐绽放出笑容。

“是嘉达先生？”

“是我哦，只不过现在还是俗世表象的伪装。”

没想到克里斯塔做的圣诞玫瑰造花，衬在老妇人的白发里意外地很好看。

“那个针扣发夹，非常漂亮哦。”

“哎呀，谢谢你。”

老妇人如同少女一般脸上羞涩地泛起红晕。

“等下也马上要到正月了，我还想做个簪子，今年突然想穿一下已经很久没穿的和服了。”

“哟，这个想法也不错呢。”

“反正都快过年了，偶尔奢侈一下也未尝不可。不过，简直都不敢相信，今年也马上要结束了呢。到了十二月份，时间就过得更快了。”

“一点没错呢。”

“上了年纪后，感觉这一年一年真是一眨眼的工夫就过去了。我又是一个人，也没有什么特别要做或是要庆祝的活动。”

这位老妇人几乎每天晚上都会过来吃晚饭，看来应该也没有家人。

“不过啊，听说查尔先生会在正月里做特色汤品，我从现在开始就已经等不及想尝尝了……”

就像是想把突然浮现在脸上的那一抹寂寥抹去一般，老妇人露出愉快的笑容。

她这么一说才想起来。

已经到了这个季节了啊。

为了正月里也孤单一人的独居老人和无处可去的性别障碍患者能够有地方过节，查尔的店在元旦也会照常营业。到了那天，他还会拿出从年末就开始准备精心烹煮的特制汤品来招待大家。

“那个汤……”

光是回想起来，嘴里就条件反射般开始分泌口水。

“真的是人间美味呢！”

嘉达和老妇人异口同声地说道，同时又痛苦地强忍下汹涌的食欲。

两人又继续交流了两三句之后，嘉达心里不由得担心，老妇人住的这间公寓会不会也和克里斯塔那里一样，开始出现一些“搬离劝告”的前期举动和迹象。

虽然很想向她确认一下，可如果对方并不知情的话，只会让老人徒增焦虑。把这种事情告诉主动打扫公寓门前卫生的老妇人，他实在是有些于心不忍。

“那我先告辞了，待会儿店里再见。”

最后，嘉达什么都没问，和老妇人道了别。

把车子推进院子里后，他打开玄关的大门。

“大姐，不好意思我来晚了。”

大声打完招呼后，他朝厨房里望了一眼，围了西餐围裙的查尔表情奇怪地一直盯着白色泡沫塑料盒子，一动不动。

“怎么了？”

嘉达的鼻子里蹿进一股海腥味。

“哟，嘉达，你来了啊。”

刚才一直发着呆的查尔，像是现在才注意到嘉达过来了一样，回头看向他。

查尔打开泡沫塑料盒子，嘉达看到里面的东西后，“哇”地叫出声来。

装满了冰块的盒子里面，层层叠叠地摆放着数量惊人的带壳大牡蛎。

“今天早上刚捕上来的。”

“这难道是谁送过来的？”

“嗯，其实，也算是吧。”

为了答谢查尔以良心的价格为大家提供员工伙食餐，常常会有人送一些小礼物来表表心意。

可是，不知道为什么，今天的查尔看上去是一脸愁眉不展的表情。

“大姐，怎么了？”

“总之，先把这些牡蛎处理一下吧。”

嘉达张嘴刚想问问原因，查尔立马打断他，手上拿起一把小号厨刀。

“能来帮一下忙吗？不小心伤到手可不好，一定要戴好手套。”

他动作麻利地把塑料手套和小刀递过来，嘉达只好把到嘴边的话咽下肚。

难道说……

嘉达的心里突然感到一阵忐忑不安。

难道说，查尔已经知道，附近公寓的房东们开始结帮成派，想把这一带的土地都卖掉了？突然间，感觉还装着“木之元”塞给他的那封信的抓绒衫口袋内，变得越来越沉。

“一半做豆奶牡蛎杂烩，剩下的一半连壳一起烤了吧。”

这时查尔已经换上了愉快明朗的表情，嘉达也只好把自己的担忧暂且搁置一旁。

伴着冰冷的毛毛细雨回到家中，嘉达首先打开被炉桌的电源，然后把身子滑了进去。冷冰冰的双脚在被炉里慢慢变得暖和起来，他情不自禁地深呼一口气。

他越来越觉得，如果真的想取暖，小家电里的空调和电暖炉都不及被炉桌来得好用。要说唯一的弊端，那就是它会让你只要钻进去就绝对不愿再爬出来，这也确实挺让人头疼的。

嘉达伸手拿过桌上的一个柑橘，呆坐着侧耳倾听外面持续不停的雨声。阴雨绵绵的夜晚总是让人感觉寒冷刺骨。

连续这几天，不管是白天的服装店还是晚上的咖啡店查尔都没有开。他说是因为年末了，有一堆繁多的杂事需要处理，得离开一阵子。

虽然不能做自己喜欢的针线活儿，也吃不到美味的员工伙食餐，让他感到万分遗憾，但这家店本来就没有规定休息日，完全听查尔的安排，所以有这样的情况他也无可奈何。

不过，上周的那顿员工餐真是太豪华了，现在回想起来他还直流口水。

新鲜牡蛎嫩滑Q弹、味道浓郁。当然，杂烩也非常美味，可最让他难以忘怀的，是在烤到烫口的牡蛎上淋上几滴酸橘汁，然后整个儿塞进嘴里时整个身体所产生的兴奋感。口中充满着浓缩了大海美味之源的牡蛎那肥美鲜香的汁液，脑髓都能随之陶醉。能尝到此等人间美味，才真的叫作有口福吧。

在牡蛎之后，还有无农药苹果，光是稍微烤一下口感就像地瓜一样的安纳产的番薯，冬天最肥美的鲕鱼等，豪华的“小心意”络绎不绝地送到店里来，查尔也借此机会大显身手，“MAKAN MALAM”的熟客们当然全都称赞叫好。虽然不知道这些东西到底是谁送过来的，但毫无疑问是个很有美食品位的人。

只不过，天天都是这种饕餮大餐的享受之后，独自一人的晚饭，心情总会被冷清寂寥感所占据。

然而，什么都不吃也确实扛不住。

嘉达伸手拉过抓毛衫打算站起来时，手指尖感到了纸张的触感，一下子愣在那里一动不动。

木之元给的那封信，他把它忘得一干二净。

不过，最近也看不到幸也的身影，况且查尔也什么都没说，说不定强迫搬离的事情就这么悄无声息了。

这么一想，他的心情也好了许多。

嘉达站在空间狭小的厨房里，伸手去拿小杂鱼干。

虽然平时只做一些简单的东西，但自己还是会受查尔的影响，认真地做好汤底。

嘉达在锅里倒满水、放入杂鱼干和鲣鱼干，脑子里突然想到总是跑来舔锅底剩菜渣子的小虎猫。

像今天这般寒冷的雨夜里，小野猫们能找到遮风挡雨的藏身之处吗？这几天饭店也关门，可能都饿坏了吧？

明天下班回家的时候，至少把吃的帮它们放在那里吧。

嘉达看着开始沸腾的汤，心里暗暗做出决定。

第二天傍晚，嘉达在超市里买了点儿猫食，朝商业街尽头走去。

穿过小弄堂后，突然看到店里亮着灯光。难道是一直在外面的查尔回来了？那起码跟他联系一声也好啊。

“大姐？”

他打开玄关大门，发现水泥地上面摆着一双男士皮鞋。

来客人了？

就在这时，从屋内传来某个让他耳熟的声音，嘉达蹬飞脚下的运动鞋，一步跨上走廊。

“你小子，居然自说自话地跑到人家店——”

他气势汹汹地打开房门，隔着柜台相对的两个人被嘉达吓了一跳，全都扭头看向他。

果然没听错。

隔着柜台和素面朝天的查尔面对着面的，是仍旧穿着一套合身西装、令人浑身不舒服的小峰幸也。

柜台上摆放着好几份资料，而就在刚才，查尔正准备在那几份资料上面签字。

“等等，大姐，你这是打算做什么？”

嘉达跑过去，用力把台面上的资料扫落在地上。看着散落一地的资料，幸也脸色大变。

“我才要问你，突然冒出来这是想干吗？！”

幸也看向嘉达，那表情里，吃惊中夹杂着一丝愤怒。看他的样子，也许是没有认出来未做女装打扮的嘉达。

“请你以后别再过来了，你这个臭房产中介！”

听到这个叱骂，幸也惊得睁大眼睛。

“你是之前的那个浑蛋异装癖啊？”

“要你管！你小子，刚才到底是怎么威胁大姐的？”

“我这可是很正经地在做买卖，别来捣乱。不可理喻的人是你吧？”

“给我闭嘴，土地开发的奸商！”

抛开之前拥有的一切，好不容易才换来这家店，查尔是绝对不会轻易把它拱手让人的。从很久之前开始，不管上门来协商的人有多纠缠不清，他也从来都不曾把对方的话当一回事。

那样的查尔居然会突然答应商谈，肯定是因为被他们抓到了短处，或是被敲诈勒索了。

看到幸也想要捡起地上的资料，嘉达立马冲到他跟前，一把夺下资料，正准备撕个粉碎，幸也的脸上终于露出怒不可遏的表情。

“你要干什么，浑蛋异装癖——”

“吵死了，我心里有数，你肯定是用了见不得人的肮脏手段。”

“你倒说说我什么时候用了什么肮脏手段了？”

幸也想拿回资料，上前揪住嘉达。嘉达也不甘示弱，用力揪扯回去，眨眼之间两个大男人就扭打在了一起。

“你教唆了木之元他们吧？！”

“哈啊？你胡说八道什么？是他们那帮人听到有甜头尝，自己送上门来的。”

“你小子有好好想过那些被迫搬出去的人是怎么想的吗？”

“他们想什么关我什么事情？！”

早已被蹂躏得面目全非的资料还在两人手中争来抢去，最后终于脚下一滑，两人一齐摔倒在地上。

“痛死了——王八蛋！”

看起来，幸也已经气得怒发冲冠，整张脸都如恶鬼般扭曲着，死死抓着嘉达的前胸襟，把他压在地板上，让他不得动弹。

“房地产产业并不是慈善事业，像你们这群人会怎么样，跟我有什么关系？毕竟，这是以弱肉强食为准则的世界。”

幸也把嘉达骑在身下，冲着他大声嚷嚷。

这时，传来响亮的鼓掌声。

他们终于恢复理智抬起头，发现查尔一脸惊奇地拍着双手。

“正是如此，你说得一点儿没错。这个世界原本就是不公平的。”

查尔叉着腰，微微侧过绑着五彩头巾的脑袋。

“不过，这里现在还是我的店，我绝对不允许两个大男人在我的店里吵得如此天翻地覆。这里摆放的所有东西，从大家具到装饰品，都是我从大老远的地方买来的孤品。”

他们这才发现柜台上的黄铜青蛙摆设和蜡烛都被撞得掉落在地上，连嘉达都觉得很不好意思，被压在身下的胸膛也渐渐感觉不到来自幸也的力量。

嘉达和幸也同时放开对方，两人背对着彼此站起身。

“真是的，你的性子还是跟以前一样容易冲动啊。”

查尔无可奈何地摇了摇头。

“可是，大姐……”

然而嘉达还是无法解气。

“怎么突然对这家伙言听计从了？到底怎么了？”

“确实……”

查尔用冷静的眼神看着越说越激动的嘉达。

“是我不好，什么都没先跟你商量一下。不过，这个世上有些事情，是你无论如何也无法左右的。”

“到底是为什么？这里不是你吃尽苦头才好不容易得来的店吗？”

“虽然是这样没错，但我所持有的，只是这里的租地权。”

“租地权……”

听到陌生的词语，嘉达顿时沉默了下来。

“东京的土地，很多都是土地租赁权和土地所有权分开的。我当时买租地权时的房东已经去世了，现在，房东的姐姐才是享有这一带土地所有权的真正地主。”

“而这个土地所有者就是木之元先生的亲戚。”

幸也在后面补充道，嘉达此时已经震惊得说不出话来。

“你现在明白了吧？”

看着呆站在那里一脸茫然的嘉达，查尔对他点了点头。

“如果这是土地所有者的意愿，就算我再怎么奋力挣扎也是无济于事的。”

“不会没办法的！”

嘉达大吼出声，竭尽全力想抹去查尔脸上浮现的寂寞笑容。

“联合住在附近公寓里的克里斯塔和一直来吃饭的老婆婆一起，向土地所有者抗议不就行了吗？他们这么做，也太不顾及我们的感受了。”

“你是傻啊？”幸也轻蔑地一笑，“你们去抗议到底能成什么事？你想想，这一带土地上建造的都是些破公寓，看上去又都脏兮兮的，现在能以这么优惠的条件卖出去，可以在本来就是从父母那里继承过来的土地上坐享其成，那帮没正经工作过的家伙，怎么可能会放过如此千载难逢的好机会？”

一时间，木之元那张满脸胡楂儿、唯唯诺诺的窝囊样子浮现在嘉达眼前。

“东京本地人的话，老家可以成为资产，如果能卖个好价钱，肯定会出手。”

“不管是谁，都想过个好日子。”

之前当耳旁风根本就没听进脑子里去的仲本的那些牢骚话也一句接一句地回响在耳边。

“其实我根本就没用什么狡猾的手段。所有的事情，都是住在这里的居民自己决定的。你懂了吗？浑蛋！”

幸也弯腰捡起被扯下来的西装纽扣。

“切……”

嘉达气愤得浑身颤抖。

“王八蛋！”

等嘉达回过神来时，自己已经又朝他扑了过去。

王八蛋。

这确实是一个弱肉强食的世界，所以，很多东西都会被强者瓜分，然而助长这种不正风气的，恰恰是随处可见的小市民。只要被一点儿小小的眼前利益引诱，他们就会毫不犹豫地放下自尊，立马把土地卖出去。

虽然自己也清楚这是在乱发脾气，但实在是叫人无法忍受。

木之元那个男人也很惹人厌。

“这个死异装癖到底想做什么啊？”

被对方突然的举动弄得还来不及反应，这次换成幸也被按倒在地板上。两人互相抓着彼此的手腕，在地板上扭打在一起。所到之处，不管是桌子还是椅子都被撞得东倒西歪，他们却仍旧不管不顾，谁都不肯收手。

“够了，都给我适可而止！”

突然，一声出离愤怒的呵斥声响彻在房间里，嘉达和幸也被吓得一动都不敢动。

战战兢兢地抬起头，他们看到查尔满脸怒相、怒气冲冲地横在他们眼前。

“我刚刚不是才说过不许在我的店里闹事！”

连嘉达都已经有十年没见过查尔这么有男人气概的一面了，那样子就跟以前在电视上看到过的大魔王一模一样。

“你们啊……”

查尔看着已经完全僵在那儿的嘉达和幸也，深深地叹了一口气。

“‘帝国之家’的小哥，今天合同还是暂时不签了，晚上我准备和店里的姐妹们好好谈一下。真是不好意思，能麻烦你下次再拿份新的合同过来吗？”

落在地板上的合同已经皱皱巴巴，看上去估计也没法再用了。

“另外，还得麻烦两位把店里好好整理干净。‘帝国之家’的小哥，我可不许你现在跟没事人一样回去哦。”

环顾一圈被折腾得乱七八糟的店，嘉达垂下脑袋。

旁边的幸也咂下嘴，站起身。嘉达看到他准备去扶起被整个儿掀倒的单人沙发，无奈之下只好过去帮忙。

“你这人还挺不错的嘛。”

“哈啊？”幸也狠狠地眯起眼睛，“开什么玩笑，我是因为有合同在身，没办法。忍到合同签完就好，蠢——货！”

“什么？！”

这家伙，以前绝对是个小混混。

两人恶狠狠地瞪着对方，可谁也不敢再继续闹下去了。

室内植物的花盆都翻倒在地，盆里的土撒得到处都是。最后，只能拿出吸尘器老老实实地认真进行大扫除。

嘉达和幸也背对着彼此，默不作声地干着活儿。

嘉达把黄铜青蛙摆设放回柜台上，突然吸了吸鼻子。从柜台深处飘来一股令人熟悉的甜辣香味。

空荡荡的胃突然叫出声来。

今天的快递工作忙到他只能边开车边喝了点儿果冻饮料。

“好了吗？都打扫完了吗？”

查尔的手里端着餐盘回到客厅，环视四周。

“打扫得还不错嘛。”

查尔满意地点头称赞，在柜台上摆好三人份的筷子。

“等等，大姐！你不会还想招待这家伙一起吃饭吧？”

“开什么玩笑，我干完活儿就回去的。”

查尔摇了摇头，打断了嘉达和幸也异口同声的抗议。

“不行哦。小峰先生如果还想要我在合同上签字的话，就得乖乖留下来一起吃饭。”

“大姐！你这未免也太荒唐了吧！”

“搞什么啊，异装癖亲手做的饭菜，给我我也不会吃的。”

两人又同时大声反驳，却被查尔大声一喝：“不许废话！”

“我不喜欢老是白收白天、晚上都从来没来我们店里做过客的人的礼物，这是我的人生准则。”

“欸？”

也就是说……

之前送来那些豪华食材的人，就是幸也？

“我的话既然说到这份儿上了，那就请你也配合一下。不过，抱歉的是今天和平时的伙食不一样。因为本来只是准备做来给自己吃的晚饭，都是简单的粗茶淡饭。”

放在柜台上的是凉拌菠菜、芋头和油豆腐的味噌汤，除此之外还有用豆腐渣做的水煮杂烩。

那种甜辣香味原来是刚煮好的豆腐渣的味道啊。

幸也两眼紧紧盯着柜台上的饭菜。

“小峰先生，虽然你年纪轻轻看上去还挺讲究吃喝的，但偶尔吃顿这种料理也未尝不可吧？想要我签合同，就得按我的准则来哦。”

也许是为了合同的事情，幸也突然当机立断地拿起筷子，豁出去一样吃了起来。可是，他才刚吃了一口豆腐渣杂烩，原本只是机械地动动的筷子突然间停住了。

幸也的嘴里长长地叹出一口气。

这家伙，该不会是认为像豆腐渣这种东西只有穷鬼才会吃吧，少在那儿瞧不起人。

嘉达感到些许不愉快，视线从幸也身上移开。

之后，三个人谁也没说话，安静地动着筷子。

刚煮好的豆腐渣尝起来虽然朴素却很有味道，和捣到五分精的糙米饭煮在一起吃真是绝妙的搭配。可让人在意的是，幸也每夹一筷豆腐渣到嘴里总要叹一口气，这让嘉达完全没法好好进食。

嘉达今天才终于体会到，不管是多么美味的料理，享受美食的心情还是会被坐在一起用餐的人给糟蹋了啊。

“大姐，放弃这家店，你真的无所谓吗？”

幸也走后只剩他们两个人，嘉达冲着查尔在泡茶的背影问道。

“我也无能为力啊。如果周围慢慢地都变成空地了，我也没法开开心心地做生意啊。”

查尔的话听着似乎很有道理，但不知为什么嘉达的心里总觉得有一种莫名的忐忑。

“你在说谎！大姐，你肯定还有事瞒着我。”

这时，传来抓挠玻璃的声音。

小虎猫跑到店里后院叫着来讨吃的了。查尔替它打开玻璃窗，它立马轻巧地一跃，跳进屋内。

嘉达这才想起自己买了猫食，随即站起身，把吃的倒到小猫专用的盘子里，可小猫却把头扭向一旁。

“哟，为什么不肯吃啊？”

说起来，上周喂了它好多送过来的鰤鱼切片剩下的碎渣。小猫高兴得忘乎所以，兴奋地边吃边喵喵直叫。难道是因为被那个味道惯坏了，现在才对寒碜的猫食不理不睬吗？

小猫似乎察觉到自己目前的可选项只有猫食，一副无所谓的态度准备打道回府。

“这家伙是要闹哪样？”

小猫这样子突然让嘉达想起对着豆腐渣叹气的幸也，心里顿时好生气愤。他一把抓过猫屁股，让小猫无法动弹，正当他用力压制住奋力抵抗的小猫时，查尔突然在背后说了句什么。

“转移了……”

瞬间，像是晴天霹雳从天而降。

小猫从嘉达无力的手中挣脱出来，钻出玻璃窗户的缝隙，一下子就消失在了黑暗里。

街道两旁银杏树的叶子早已掉光，马路上到处都是被风刮到一起的落叶堆。

早上九点的白金大道，笼罩在闲适宁静的气氛里，连往来的上班族不紧不慢的身影都透着一份沉着稳重。

路过一群人带着爱犬坐在露天席位的时尚咖啡厅里优雅地品茶，嘉达把鸭舌帽的帽檐压得低低的，确认着手机上的地图，走进白金大道的小岔路里。

走到最后，眼前出现了一座破旧的公寓楼，让人不禁诧异白金大道的附近居然还保有这种建筑。

积满灰尘的邮件箱上，只记了房间号码却没有写住户的名字。

再次确认了查尔交给他的合同上写的地址后，他发现确实是这里。

这座公寓别说是自动锁了，连电梯都没有，嘉达走上楼梯爬到五楼，在楼梯尽头生锈的铁门前停下脚步。

如果地址正确的话，这里应该就是帝国之家的公司总部。

虽然按了门铃，可也没有人应门。顿时，送快递时那种被拒之门外的感觉又袭上心头。

嘉达又按了一次门铃，还是没有反应。

也许真的是没有人在吧，最后按下第三次门铃的时候，听到铁门另一侧像是有人过来了。

“搞什么鬼，吵死了！”

看到出现在门后的那人的样子，嘉达惊得微微张大了嘴巴。

这个不管怎么看都像是刚起床的男人，穿着套运动服，外面随便罩了一件松松垮垮的旧抓绒衫，一脸诧异地看向嘉达。

“你到底……是有何贵干啊？”

手来回挠着睡成一头鸡窝的头发，那男人满脸不愉快地咂了咂嘴。

虽然和平时看到的样子差距过于巨大，乍看一眼还以为自己认错人了，但眼前这个男人确实是货真价实的小峰幸也。

嘉达不说话，拿出放着合同的信封给他看后，幸也深吸一口气，拉下大门的锁链。

“帝国之家”公司的实体，居然是和嘉达住的那间公寓房基本没什么两样的六块榻榻米大的男子单身公寓。

“你这算是哪门子的代表啊？根本就没有其他人嘛。”

“要你管！”

幸也用脚踢开散乱在地上的垃圾，嘉达跟在他后面进了屋子。

桌子上的一台笔记本电脑似乎是这间房子里唯一的办公用品，剩下的就是从来不曾叠起来过的被褥，空啤酒罐和便利店的空便当盒子也扔得到处都是。一张破烂不堪的沙发被硬推到墙角，上面扔着好几件还套着干洗店塑料袋的西装。

“你果然是个诈骗犯啊。从某种意义上来讲，我还挺佩服你的。”

“我什么时候骗过人了？”

幸也摆出一副做了亏心事还理直气壮的态度，轻蔑一笑。

“是你们这群人自己选择相信的。港区和中央区里，像这样的皮包公司可多了去了。因为客户光是看名片上的地址，心里就会觉得那块区域是个好地段啊。西服是租的，车子也是借的共享租车，难道我有做什么不该做的事情吗？”

幸也抓过插满了烟屁股的烟灰缸，点燃香烟。

“等等，你要抽烟的话，先把窗户开一下嘛。”

“穿着这身衣服就不要学女人讲话了，听了就不舒服。”

脸上虽然摆着一副不情不愿的表情，幸也还是打开了一扇窗。

“要博取他人的信任真是再简单不过了。穿一身好的行头，开一辆撑得起排场的好车，再顺便带一些高品位的见面礼过去，绝对一次就能搞定。一切都是看你的表面功夫能不能做到位。”

从窗户望出去只能看到隔壁大型公寓的墙壁。

“嗯？这次应该是好好签完字再拿过来的吧？”

嘉达默不作声地把信封递过去，幸也迅速地一把抢过，打开信封，确认内容过后，露出满足的笑容。

“我这里有一事相求……”

“但我没工夫理你呢，赶紧请回吧，臭异装癖。”

嘉达特意把明明只要寄来就行的合同亲自送到这里来，然而幸也却立马挥挥手无情地要把他赶回去。

“你说什么？！”

“哎哟，可别激动啊，你要在这里动粗的话，我可是会报警告你非法入侵民宅的。”

“我会把这破房间拍个遍，然后再上传到社交网络上去的！”

嘉达举起已经切换到拍照模式的手机，然而幸也看上去仍旧是一副天不怕地不怕的样子。

“随你拍啊，反正，‘帝国之家’只是这次土地开发专门做出来的皮包公司罢了，就跟和女人在一起就跑的男人一样。”

“你这种人真是贱到骨头里了！”

嘉达顺势抓起地上的一本偶像写真杂志想要朝幸也扔过去时，一只乌黑发亮的虫子从垃圾堆里爬了出来。

“哇啊——！”

到目前为止都摆着臭架子、感觉很强势的幸也，突然发出让人难以置信的尖叫声。刚才还反应敏捷、到处逃窜的蟑螂，不知为何开始直直地朝幸也飞奔而去。

“呀啊——！”

幸也一下子全身贴在墙壁上，满脸煞白。

嘉达卷起那本杂志，瞄准目标，一击就命中了那只蟑螂。

幸也像是泄了气的皮球，背靠着墙壁，一屁股滑坐在地上。

“你还真是不折不扣的‘虚有其表’啊。”

“要你啰唆，我从小就只怕这种虫子……”

“那就把屋子打扫得更干净一些啊。”

在嘉达用纸巾包起蟑螂的时候，幸也始终别扭地低着脑袋。

“你小子，原来是个‘恶贯满盈’的小流氓吧？”

“你不也是吗？”

看来并不是只有嘉达一个人发现了同类所散发出来的味道啊。

“不过，可不要把我和你混为一谈啊。从小混混到现在的异装癖，你到底是搭错什么神经了？像我这样在土地开发公司混的，还算是比较普通的。”

“你这算哪门子普通啊？”

听到幸也这奇怪的发言，嘉达苦笑道。

“确实，我以前是个一无是处的大浑蛋。但现在不同了，起码我并不讨厌现在的自己。那都是因为遇到了查尔。”

不对……

“也许说‘遇到’有些不合适。我在高二的时候，跟着一群狐朋狗友，去他店里闹过事。”

“真的假的啊？”

幸也震惊地抬起头，嘉达冲他点了点头。

“当时，他的店还不在现在的这个地方，是在商业街补习学校的对面……”

有个“异装癖”在那里开了家奇怪的店，去搞点儿事情把营业额抢个精光吧？

最初只是突然有人提出这个话题。

对方和一般人不一样，是个异装癖，所以不管被怎么样，也肯定不会做任何反抗的。弟兄们之间开始蔓延这种扭曲的认知。

“然后呢？”

幸也像是越听越感兴趣，整个人向前倾过来。

“反被他揍得鼻青脸肿。”

而且，还绝对不是那种普普通通的反杀。

“可以说简直是被他揍得体无完肤啊。虽然我们还拿了一些铁棒等武器，可根本就没派上用场，也许是我们当时太小瞧异装癖而过分轻敌了。其实这事情明明只要稍微动动脑子，就应该心里有数的。因为，当时查尔的体格有现在的两倍壮实呢。”

“真的假的啊？”

在幸也看来，现在的查尔已经算很强壮了，听到嘉达的话后他不由得瞪大了双眼。

“听说他大学时代玩过橄榄球，踏入社会之后，好像还坚持做着锻炼。”

“这大叔好恐怖啊。”

“只会虚张声势的菜鸟小混混，根本就不是他的对手。”

避开小山一样的西装堆，嘉达在沙发上挑了个地方坐下。

“那个时候，我没办法好好认清自己，也不明白自己为什么活得这么痛苦，为什么每天都这么战战兢兢。所以，反而能毫无顾忌地去欺负别人吧。”

自己这么痛苦，就算让其他人稍微受点儿苦难，也肯定会被原谅的。

当时，真的是这么想的。

“但多亏了大姐抓住我的肩膀，摇醒我并认真地告诫我说这种想法是错误的。”

这些行为都只是在追求刺激。

可光是表面的刺激，只会让你徒增想要更多刺激的欲求，无法根治真正的伤痛。

不从姿势上纠正的话，身体里的疼痛是没法根除的，和这是同一个道理。查尔是这么对他说的。

你真的觉得，伤害他人以后，自己的心里能得到愉悦感吗？

心情只会越来越糟糕吧？与其做这种事情，还不如去认真寻找能真正让自己心情愉快的方法。

“那……能真正让你‘心情愉快’的事情，就是做异装癖吗？”

幸也一副我服了你的样子，把香烟摁灭在烟灰缸里。

“应该算是吧。”

查尔那壮硕的大个子套在一条连衣裙里，那画面相当具有冲击力。他从一开始都不敢相信世界上居然还会有这种人。

答应朋友一起去闹事，也主要是想跟过去，再好好看看那家店。

自那件事之后，嘉达也常常抽空去店里看看，于是查尔也就自然而然地接纳了他。

“教会我如何与无可救药的自己达成妥协的也是大姐。”

“方法就是……男扮女装吗？”

嘉达点头，幸也的表情更加复杂了。

“当时，只有他给了我可以容身的地方。”

只是待在店里，穿上女装做做针线活儿，就能让烦乱的心变得异常平静。

“他还跟我说过好多遍，高中绝对要想办法上完。在这一点上，我真要谢谢他。真的，初中毕业生和高中毕业生在社会上的自由度完全不一样啊。”

关于这个话题，幸也仿佛想起了一些什么事情，沉默不语。

“算我求求你，能再把土地的出售时间往后稍微拖一下吗？”

嘉达乞求般地用尽全力高声道。

那一晚，查尔的声音回荡在耳边，等他回过神来时，眼泪已经悄然落在了膝盖上。

“你突然这样到底是怎么了吗？”

看到瞬间泪如雨下的嘉达，幸也感觉不知所措。

“查尔他……病了。”

嘉达是第一次跟人谈起查尔患了进行性疾病[①]。

“患了叫滤泡癌的病，是甲状腺癌的一种。其实这种病的发病率在女性中要高于男性，这一点要说起来还真是讽刺……他一直在脖子上围着丝巾，是为了遮住手术的痕迹。虽然这种癌症恶化进程慢，相对还算比较稳定，可……”

癌细胞转移了。

回忆起那令人震惊的话，他的视野更加模糊了。

其实应该更早就能发现的。

白天他频繁出门是去医院做检查。

但是，不由得就装作没有看到，把视线转向一旁，因为查尔一直都那么健康，心情也都很不错，最关键的是嘉达自己害怕面对这个事实。

就算涉及再多关于权利上的问题，以查尔平时的性格，也绝对不会这么轻易就答应把店让出去的。

“他准备过完年就做手术，手术的成功率似乎只有百分之五十……”

话一说出口，嘉达就害怕起来，颤抖着说完最后几个字。

查尔恐怕已经做好最坏的打算，准备放弃那家店了。他肯定是想趁租地权还能卖个好价钱时赶紧出手，最后把卖掉的钱分给大家吧。

他总是这样，脑子里只想着别人，他这人真是……

拼命想控制却怎么都无法忍住，嘉达的眼泪不断地夺眶而出。

① 症状不断加重、患者状况不断恶化的疾病。

“所以，你就稍微再等一会儿行不行？至少，等手术结果出来以后再说，可以吗？”

幸也默默地看着紧握双拳、哽咽的嘉达。

“抱歉……这我办不到。”

最后，他听到的却是沉重的回答。

“就算我这么低下头来恳求你也不行？”

嘉达心都凉了。

“都走到这一步，已经没有退路了。想把地卖出去的是土地所有者，我也阻止不了他们啊。”

幸也的工作只是土地开发，在这之后的事情都要移交给拥有房地产开发部门的大型贸易公司全权处理。

“我其实只是个承包商，没有权力调整之后的工作。说到底，我也就是个不值一提的小人物罢了……”

幸也悔恨般压低着嗓子说道，嘉达沉默地低下头。

在那之后，自己到底是怎么乘上电车回到商业街的，嘉达已经完全不记得了。全凭惯性硬拖着双腿，稀里糊涂地走在那条熟悉的细长弄堂里。

脑袋里试着去思考一些问题，可涌上来的只有愤怒和空虚。

浑蛋！浑蛋！浑蛋！

到头来不管是谁，都只能在社会的这条大河里随波逐流。

构筑起如今这个不公平社会的，正是贪图享乐生活的我们。

可是，我们真的可以像这样始终快乐下去吗？

“嘉达先生！”

突然听到有人叫他，嘉达吓得差点儿叫出声来。

转过身后，他看到白发老妇人正向花盆里种植三色堇。

“真……真不好意思，我不是故意要吓你的。”

看来自己回过头去的表情真的很可怕。老妇人脸上略带惧色，勉强一笑。

“没事没事，我刚才只是有点儿心不在焉。”

嘉达慌忙解释。

“不说这个了。您这是在干什么呢？好漂亮的花啊。”

“可不是嘛。我一直觉得这里有点儿太煞风景了，就想在这儿摆上一排花盆看看。在寒冷的季节里，如果有黄色的花朵做衬托，看上去是不是会明快许多？”

老妇人莞尔一笑，举起黄色的三色堇花盆给嘉达看。

明明还有像老太太这样对这里仍抱有眷恋的居民在……

房东连一次都没有打扫过的公寓门前，老太太每天都会坚持清扫干净，一想到她的真心，嘉达的胸腔里又燃起了新的熊熊怒火。

“没用的。”

等自己意识到的时候，他发现话已经从嘴边擅自“漏”了出来。

“欸？”

老妇人一脸不可思议地看向他。嘉达终于没忍住，向她吐露了实情。

“这一带马上就要被转卖掉了，是土地所有者决定的，我们的店也要关门了。”

瞬间……

老妇人手里的三色堇花盆掉在了地上。陶制花盆碎成很多块，飞散在狭窄的弄堂泥土上。

“啊……”

嘉达终于回过神来，可老妇人已经朝公寓跑了回去。

传来一楼最里处关门的声音。

自己居然把这种事情说出去了。

恐怕，老妇人公寓的房东，还没有过来劝她搬出去。

回想起老妇人刚才眼神中流露出的惊异之色，嘉达懊悔得只想用力敲醒自己的脑袋。

不过……这事情，早晚有一天大家都会知道的。

嘉达在弄堂里蹲下身，捡起散落在地上的三色堇花盆碎片。

打开大蒸笼的盖子，嘉达小心翼翼地从里面取出白瓷陶器罐。

圣诞结束后，他每天都要重复这个工作。

这还是他第一次准备制作工序如此烦琐的料理。

幸运的是，放圣诞假回日本的城之崎塔子，过来帮了自己很大的忙。

塔子以前是这家深夜咖啡店的熟客，拒绝了大型广告代理公司的晋升机会，主动提出提前退休，目前在上海开了一家咨询公司。

“我也听说过这道汤，这汤在上海也是正月里必定会有的年菜，虽然那边过的正月是农历春节。我圣诞节的时候会回一趟日本，基本食材的采购就交给我吧。”

嘉达发邮件找塔子商量，她立马答应了会在当地购买需要的高级食材。

鲍鱼干、海参干、干贝、虾干、龙眼干、金华火腿、鱼翅、枣子、枸杞……

要用到的基本都是干货。

“另外，还有人参、当归。这些，我可是找了家信得过的老店买过来的哦。”

下飞机后从机场直接来店里的塔子从行李箱里拿出好多中药材。

塔子说，这些药材都是她向当地有交情的中药店店主说了查尔每年正月都会做的例汤汤名后，那些店主很热情地帮忙精心挑选出来的。

从干货要怎么处理到中药的烹调方法都是塔子仔仔细细翻译过来的。虽然在语言方面塔子原本就很擅长，但出国前应该只会说一点儿英语，现在肯定是拼命学习后的成果吧。去了上海才半年，塔子的中文已经学得小有所成，基本上在日常生活中能够运用自如了。

时隔多日，再次见到塔子，嘉达发现她很不可思议地变得更年轻了。

一个女人，在异国他乡白手起家创业奋斗，又怎么可能会不辛苦?

尽管如此，她和在大公司里被压榨得喘不过气来的那段时期相比，整个人看上去要更加活力四射。

“查尔先生……身体怎么样了？”

比对着查尔留下来的菜谱和从上海带回来的翻译资料，塔子细长而清秀的眼睛里流露出担心的神色。

“到手术为止都不能过于劳累，人倒是挺精神的，还在那儿发牢骚说医院的伙食已经吃得厌烦了呢。”

嘉达尽量回答得明朗积极。

“新年一到，我就准备把这道汤带去医院给他尝尝。”

“那就一定要做得比查尔先生的‘原版’还要完美哦。”

塔子也干劲儿十足地一起帮忙准备。

处理完干货和中药后，查尔以前的同班同学，柳田老师过来了。柳田和刚放寒假的璃久一起推了一车他们在学校菜园自己种的冬季蔬菜过来。

“御厨还好吧？”柳田问道。

嘉达的回答和刚才跟塔子说的一样。

“也是啊，那家伙才不可能这么简单地说放弃就放弃。正月里我也会来店里坐坐的。”

虽然在自己的学生面前，柳田强装着很镇定的样子，但看得出来他心里其实担心得要命。

“这个请转交给叔叔。”

璃久把一个MP3放在柜台桌子上。里面收录了秋天的时候他和祐太两个人竞相采录的昆虫的叫声。“里面不光录了蛐蛐、蝈蝈、蟋蟀的，连灶马儿和纺织娘的声音都有哦。”

对一个人在病房里百无聊赖的查尔来说，这绝对是雪中送炭的好礼物。

“真不愧是‘虫博士’，他一定会开心死的。”

听到嘉达的话，璃久眯起笑眼。

柳田把手搭在嘉达的肩膀上打完招呼后，拉着推车回去了。

“白菜和葱之类的香料菜目前还用不上啊。”

嘉达一边确认手边查尔的菜谱，一边把送来的蔬菜放进储藏库。

最后小年夜那天出现在店里的是安武樱。

樱是当初想采访“MAKAN MALAM”找到店里来的撰稿人。虽然采访一事被查尔坚决辞谢了，但在那之后樱还是会以一个普通客人的身份偶尔来“MAKAN MALAM”坐坐，还买过嘉达做的绣有串珠的室内拖鞋。

“我听他们说嘉达先生要煲汤……”

樱送来了品相很好的香菇干。

“这是去别的地方采访时人家给的。”

她虽然仍旧是成天在外面忙着做采访，可当初刚来店里时脸上那种被逼得走投无路般的表情已经淡化了很多。

“查尔先生……他的身体还好吧？”

同样的问候，得到同样的回答后，樱来到厨房帮忙。

“这也太厉害了吧？要像这样花上好多天，一点儿一点儿地在里面追加各种各样的食材，最后蒸制而成吗？我还没吃过这种料理呢。”

这么复杂的料理，就算是查尔本人，也只有在正月里才会做。

“所以啊，这是只限正月里才有的特别料理。”

每年，都有很多熟客对这道汤翘首以待。

从正月前一个星期开始，他们一点儿一点儿着手准备。

“查尔把这道汤叫作正月里的降临节特色汤。”

“啊啊，类似降临节日历[①]倒数的意思？”

降临节是庆祝特别的日子到来的等待期。

在西方国家，等待圣诞节到来的这段时间，会有逐个儿戳破日历的习俗。

查尔正是开玩笑般，把每天在汤里添加食材的准备工作比喻成元旦的降临倒数。

“说白了，其实就是‘再放多少料就能到新年[②]’的煲汤版。”

“嘉达先生，正月里我也可以过来做客吗？”

“当然没问题，你呀，早就是我们店的熟客了哦。”

嘉达这么说完，樱露出了发自内心的笑颜。

三天过后，终于到了除夕这天。

嘉达站在陶瓷罐跟前，回想着那些带着礼物来这里拜访的人。

今年这锅汤算是真正意义上的“降临节倒数年汤”了。

大家都在翘首企盼。

期盼着那个人过完年后能回到这里。

① 降临节日历，是用来倒数计算圣诞节来临的日子用的日历。日历多以纸盒制成，上面有24个分隔开的小格子或小口袋对应着24天。每日可以开启一个小门，从格子里取出礼物。

② 日本过年时有首国民级歌谣叫《再睡多少觉就能到新年》，这里嘉达是拿来作恶搞比喻了。

嘉达把汤搁在厨房放凉，自己先回到柜台这边，正好听到门铃响了。

“这就来！”

嘉达打开大门，看到站在门口的人后，像是大吃了一惊一般，又像是从一开始就料到会如此一般，心情变得奇妙又复杂。

穿着既不是一套合身高级西装，也不是皱皱巴巴的运动服，而是一件随处可见的普普通通夹克衫的小峰幸也站在眼前。

“你不是要做汤吗？”

他一下子把一大包煮高汤用的海带硬塞过来。

“干货的准备工作早在一星期前就已经完事了……”

听到嘉达轻声嘀咕，幸也打心底里流露出无比失望的表情。

“行吧，我试着现在放进去看看，谁让你这海带还挺不错的。”

“那当然！”

“总之，你先进屋来啊。”

一时有些不知所措，但最后幸也像是终于觉悟一般，抱着波士顿包进到了屋内。

“怎么了，要出远门吗？”

在柜台处倒茶水的嘉达问道。

“不管怎样，在这里的工作也已经结束了。”在凳子上坐下后，幸也不屑地回答道，“都是拜你们所赐，这次的工作彻底搞砸了。”

喝了一口嘉达泡的姜汁茶，幸也皱起眉头说：“什么呀，这茶的味道好怪。”接着抬起胳膊，支在柜台上。

“你们到底知道多少事情啊？”

“真的，什么都不知道啊。”

“少装蒜。”

“才没有装蒜。要是我们一开始就知道的话，我怎么可能还会拉下脸来特意去你那里求你啊？”

幸也默认了这个理由，长长地呼出一口气。

“我们土地开发商之间，对那些顽固分子会用‘生鲜食品’来笼络和买通他们，这是惯用伎俩。”

“生鲜食品？”

“没错。如果对方不肯接受带过去的小礼物，就去筑地那儿买一些海鲜送过去，还要摆出一副生鲜食品如果拿回去也不好处理的犯愁样子硬塞过去，对方一旦收下了，事情就基本成了。”

像这样一步一步地讨好巴结对方，最终让对方不得不答应这边的要求。

“别看我这样，也算是这行的老手了。你们不也对那个老婆婆做过跟我这差不多性质的事情嘛。”

“怎么可能？”

幸也紧紧地盯着嘉达的脸，看了好一会儿，最后“啊——啊”地像是泄了气一般大声打了个哈欠。

“我竟然会输给区区一碗汤，这种事情说出去还真是可笑啊。”

看着幸也似乎已经看开一切开始拿起姜汁茶喝的侧脸，嘉达回想起了形势大逆转那天的事情。

那天其实也并不是什么特别的日子。

那是查尔在合同上签了名字，嘉达把合同送到幸也那儿去的第二天。

查尔像平时一样在准备伙食餐的时候，突然传来一阵慌乱刺耳的门铃声，紧接着幸也和看上去挺面熟的一个中年男人进到店里。

木之元？

嘉达终于回想起男人的身份，而这个叫木之元的人一下子大声嚷嚷起来：

“伯母，你这是躲哪儿去了？我一直在到处找你。他们说你竟然不同意出售土地，这到底是怎么一回事啊？”

男人大声疾呼的正对面坐着的，正是用淡紫色圣诞玫瑰针扣发夹把全白的头发夹成一束的老妇人。

在看得目瞪口呆的嘉达他们面前，老妇人利索地从沙发上站起身。

“用不着你来问我是怎么一回事。连通知都没通知我，就自作主张要卖掉这边土地的，难道不是你们吗？”

老妇人的脸上没有了以往和善的笑容，她毅然决然地看向木之元。

“这一带的土地是我和妹妹两人从我们的父亲那里继承下来的。妹妹去世的时候，我按照她的遗嘱，把租地权转让给了你们，土地权到现在应该还是属于我的。没有我的同意，是绝对不会让你们乱来的。”

听了老妇人严厉地说完，理屈词穷的木之元顿时无力反驳。

“我……我们只不过是想在一切都办妥后再好好跟您解释的。也是想到伯母您怕是不大清楚怎么来应对处理这种事情，所以我这边姑且帮您先把一开始的交涉给接下来……

“现在这里还能卖到和站前地段同样的价格，大型企业也会有所关注的，要是错过现在这次机会，恐怕就没有下一次了。

“只要钱到手了，伯母您就能住比现在更好的地方了。”

木之元的嘴里不断重复着大概是从幸也那里学来的话，老妇人用力地摇了摇头。

“再让我一个老人孤零零地住吗？”

老人的一句话，让木之元无言以对。

“那我倒要问问你，到现在哪怕一次也好，你们有过来找我一起吃过晚饭吗？就算是正月里，也从来没有喊过我去过年吧？平时的话就算了，大过年的让我孤零零一个人，感觉太寂寞了。”

幸也默默地听着老妇人和木之元你一言我一语的对话。

“我每年正月都会打从心里期待在这里和大家一起品尝查尔先生做的新年例汤。这份期待谁都无权剥夺走。只要我还有一口气在，就绝对不会同意你们把这块土地卖掉的！”

非常干脆地说完，老妇人一屁股坐在沙发上，开始安静地吃饭。

木之元求救般看向身旁的幸也，结果幸也到最后也没有说一句话。

“你那个时候，为什么什么都不说呢？”

嘉达往幸也的杯子里重新添了点儿姜汁茶，问道。

“像你这么利索的嘴皮子，要说服一个老婆婆还不是易如反掌？”

幸也拿起杯子喝了一口，露出苦笑。

“是木之元太没脑子了。要是亲戚的话，那就更应该好好把那个婆婆拉拢过来的。那家伙明明是房东，居然连婆婆现在还住在那栋公寓里都不知道。他这简直是把什么事情都扔给我们房地产公司，有点儿过分了。”

突然幸也变得一脸严肃。

“不过，确实为什么呢……”

说真的，要说服老婆婆其实幸也完全办得到。

就算是直接威胁老妇人也——

这时，突然传来轻微的刮玻璃的声音。

小虎猫在玻璃窗的另一边朝屋内看着。外面的天早已黑了下来。

嘉达替它打开玻璃窗，小猫轻巧地跃进屋内，瞥了一眼从来没见过的幸也，立马就回过头不理人了。

“这孩子，都因为你，现在都不吃猫食了。”

“这关我什么事情？”

“那段时间一直吃你带过来的鲱鱼，嘴变得越来越挑了，不过……”

嘉达进到柜台深处的厨房内，端出来一盘熬过高汤后的小杂鱼干。

“这个倒是肯吃。”

把盘子放在地上后，小猫立马用它小小的嘴巴开始啃食起来。

“大概是忘不了刮台风那天误打误撞第一次来到这里的时候，给它吃的这个小鱼干的味道吧。”

小猫咀嚼杂鱼干的窸窣声回荡在屋子里。

嘉达站起身，打开了立体音响的开关，Gamelan Degung的舒缓旋律开始在房间内流淌起来。

“……我老家在大分县的臼杵。”

幸也突然开口。

“臼杵？”

“没错，我是在面向臼杵湾的一个小渔村长大的。在我还年幼时，父亲就过世了，母亲在那里做渔夫的陪酒生意。好吧，确实，当时的家庭环境可以说是非常不堪。”

幸也把杯子放回柜台上，眯起眼睛望向远方。

“母亲每天喝得昏天黑地，白天一直都是睡死在床上。她基本上从来没有主动疼爱或关心过我，晚上还会毫不介意地带男人回家过夜。”

寒风吹得窗户阵阵作响。这大风应该是天黑之后刮起来的。

“我长大的那一带，有个叫和霉渣的乡土料理。”

“和霉渣？”

“‘霉渣’就是豆腐渣，‘和’就是搅拌的意思，也就是在豆腐渣里拌进一点儿鱼肉末，其实就是小渔村的节俭料理。”

嘉达一下子惊得说不出话来。

他的脑海中回想起幸也一边叹气一边吃豆腐渣杂烩的样子。

“整个学校里也只有我一个人这样，连郊游带的便当里装的也是和霉渣。和霉渣还很容易坏，到中午的时候已经有一股腥味了。我只能端着那玩意儿，偷偷地用便当盖遮着不让其他小朋友看见，勉强硬塞进自己嘴里，我至今还忘不了当时的窘迫心情。所以，从还是孩子的时候起，心里就无比讨厌穷困。”

嘉达的眼前晃过幸也穿着一身得体西装、开着高档宝马车的身影。

“当时我还发过誓以后再也不吃霉渣了。”

幸也叹了一口气。

“十五年……我已经从那个村子里出来十五年了。也实在是没有想到，竟然会在这里再次吃到霉渣。”

幸也苦笑着，轻轻敲了一下柜台面。

“十五年，你一次都没回去过？”

“那地方也没什么值得怀念的，不过……”

幸也欲言又止。

“听以前老家的玩伴说，从几年前开始，我妈就卧床不起了。”

看着完全不知道该说什么的嘉达，幸也轻哼了一声。

“本来就成天只知道沉溺于酒精，估计现在年纪大了没男人买她的账了吧。”

可即使如此，她也没有过来投靠在东京打拼的幸也，这或许也是他的母亲对儿子唯一能做到的一点儿体谅和理解吧。

嘉达也不知道该如何用语言来好好表达自己刚才那一瞬间萌生的这个想法。

“那个大叔，做的料理还真不错呢。”

幸也的语调突然变得轻快许多。

看上去，之前阴霾的表情也“豁然开朗”。

“一开始看到霉渣还气愤地觉得他在拿人开玩笑，但回过神来后，发现自己一门心思地吃得可香了。老实说，那天从早上开始我就什么东西都没吃，肚子都饿慌了。”

那天幸也每吃一口豆腐渣，嘴里总要叹一口气。

“想来也真是挺有意思的。”

幸也看着脚下的小猫。

“明明用食物来笼络人心是我们这边常用的手段，他居然能只用区区霉渣，就让我缴械投降了。那个大叔该不会是看准了我会这样，才故意留我吃饭的吧？”

“才不是呢。”

嘉达立马否认。

在场如果有人感到受伤了，或是有人饿着肚子，他一定会拿出好吃的料理来招待对方。

“这就是查尔的为人。”

吃完杂鱼干的小猫，在空盘子旁边蜷起身子。

两人都不说话，凛冽的寒风吹打窗玻璃的声音与Gamelan优雅的旋律交会在一起。

“大叔……他的病情不要紧吧？”

最后，幸也小声问道。

“不清楚。”

嘉达是第一次，真实回答了之前一直被人问到的问题。

知道查尔的手术成功率为百分之五十这件事的只有嘉达和幸也两人。

“那个大叔有家人吗？”

“听说他的母亲已经去世了，现在和父亲也断绝了关系。”

像自己这种性别障碍症患者，与家里人的关系都很复杂。

更别说查尔以前好像还是个名副其实的社会精英，听说由于身体的原因公开了自己的秘密，因此也失去了很多东西。

背负了这么多伤痛的查尔做了一根栖木。

在嘉达看来，这根栖木不仅能让更多的人在这里做片刻休憩，还能借此来保护自己。

“真让人期待呢。”

回想起之前自己告诉查尔今年的正月年菜料理是由他来掌勺时，查尔瘦削的面颊上露出的笑容，不知不觉间嘉达的泪水在双眼里打转。

“一定不会有事的。那大叔以前不是还把小流氓时期的你揍得面目全非吗？”

“也是呢。”

“那么恐怖的大叔，怎么可能会这么轻易地就被打垮嘛。”

“确实啊。”

不知怎么的突然觉得很荒唐，嘉达“扑哧”一声破涕为笑。

他做梦也没想过，居然会有被幸也安慰的一天。

“大叔要是回来了就代我转告他，我已经十五年没吃豆腐渣了，那次的豆腐渣真心很好吃，还有……”

隔了很久，幸也才再次嘟囔道：

“感觉很怀念。”

幸也从高凳上下来，伸手取过波士顿包。

"打算回老家吗？"

幸也敷衍地点了点头。

"反正也不会有人在等。"

"肯定一直在等你回去的。"

是谁，却没有明说。

家里的事情只有当事人最清楚。

可是，不管是谁，孤零零的一个人过正月肯定是非常寂寞的。

"毕竟也把我抚养到了高中毕业啊……"

幸也像是在说给自己听一样嘟囔道，接着从正对面直直地看着嘉达的脸。

"我可不会就此罢休哦，你别以为这件事就到此为止了！"

只要大型企业认为这一带还有价值利益，那新的土地开发商肯定还会络绎不绝地过来交涉。

"所以，你可别掉以轻心啊，臭异装癖！"

幸也眼神认真地加以告诫。

穿着拉链夹克衫的幸也是他迄今为止看到的最自然的样子，给人感觉就是随处可见的、普通的三十多岁的男子。

"我可不是异装癖。"

嘉达故作姿态，在胸前抱起双臂。

"我是品位高尚的'异装皇后'哦。"

刻意模仿后，仿佛还能听到查尔的声音一般。

"你就在那儿吹牛吧。"

幸也的嘴角露出微笑。

“那我走了。”

短短地打了声招呼后，幸也转身准备离开店内。

“祝你过个好年！”

嘉达冲着他的背影喊道，可是幸也径直向前，头也不回。

幸也离开后，宽敞的客厅里只剩下嘉达和小虎猫两个。

他把幸也拿来的海带泡开加到汤罐里，为了不让食料的香气在蒸好后全都跑掉，最后在上面又放了几片荷叶盖住。

然后他才慎重地盖上陶罐的盖子，把汤罐放进蒸锅里。

这是最后一道工序。

这罐饱含着大家祝福的汤要在文火下蒸一个晚上。

嘉达突然回忆起去年正月里，查尔把这锅汤端到柜台上时的事情。

他打开盖子露出一点缝隙，倒入少量黄酒，把充分蒸煮到位的荷叶揭下后，一股融合了干货、海鲜、调味菜和中药精华，无法形容的味道顿时飘满了整个房间。

汤里的食材和汤分开来，首先只是品尝汤的味道。

浓缩了美味精华的汤呈现出晶莹剔透的琥珀色。

汤刚到嘴里，馥郁的香气就直穿鼻腔，大家瞬间就陶醉在这惊人的美味之中。

深深地感觉，经过漫长时间熬制出的所有营养，好像渗透到了全身各个角落一样。

真乃当之无愧的“一杯黄金”。

和大家一起在新年里尝到这口汤所带来的喜悦是任何其他东西都

无法取代的。

嘉达心里祈祷着过完年，查尔的手术能顺利，平安地回到这里，接着给蒸锅点上了火。

这时，嘉达才注意到壁橱的门半开着，伸手想去关上，发现里面有一本笔记本。

他下意识地拿起来翻看，顿时惊呆了。

暖身、促进血液循环——稗米、高粱、荞麦。

补铁、预防贫血——粘谷子、麦片、苋菜。

肌肤粗糙、浮肿、粉刺——薏米、玉米须、藜麦。

…………

在那笔记本上面，查尔用他那漂亮的字写满了各种症状和能起到缓解作用的相应的谷物类。

消除体寒的秘方、缓解胃痛的秘方、预防上火的秘方、降低胆固醇的秘方……

前面都是大量使用蔬菜和谷物类的秘方，而在后面，他根据“针线小妹”和熟客自身的体质，按阳气过盛和阴气过盛分门别类地归成档案。

嘉达，因为阳气过盛而时常眼睛疲劳，带壳薏米、粘谷子，多补充胡萝卜和南瓜内的叶红素。

克里斯塔，因为阴气过盛而时常肩酸，稗米、高粱、艾草，还有松仁和羊栖菜。

不知不觉间，纸上的文字晃得让人没法再看清楚。

他一定……

查尔一定会回来的。

就算会留有后遗症也无所谓。

只要能平安回来，自己这辈子都会陪在他身边逗他开心的。

因为他真的为包括自己在内的许多人带来了源源不断的快乐。

绝对，他绝对会回到这里的。

要说为什么能如此肯定，要知道从一周前就着手准备，大家把千言万语的祈愿全部凝聚在这罐汤里，再用荷叶封印起来，放蒸笼里蒸上整整一个晚上才大功告成的这罐汤的真正名字叫——

佛跳墙。

这是清代初始，不断往海外发展的原本在中国福建省福州内生活的客家人的传统料理。

连原本一心向佛的和尚都禁不住这美味浓汤的诱惑，顿弃修行而翻越高墙过来，它是因此而得名的。因此，查尔也绝对能够轻而易举地跨过病魔这道高墙，回到大家身边的。

他的心里面顿时翻滚起一股温热，回过神来才发现泪水已经如决堤般汹涌而出。

在空无一人的厨房里，嘉达上气不接下气地大声号哭。

一想到若是发生了最不幸的情况，整个人就害怕得不知道该如何是好。

突然间，他的脚边感受到了一团温暖的东西。

不知什么时候，那只小猫走到了他身边，柔软的身体使劲儿往他身上倚过来。

嘉达弯下身子，把小猫抱在胸前。

没事的……

这时，他心里仿佛回想起了查尔的声音。

嘉达擦干眼泪站起身，再次拿起那本笔记本。

迄今为止，虽然厨房的事情都是查尔全权负责的，但从现在开始，自己也想试着按照这本笔记里写的秘方，从头开始学习料理和养生膳食的基础营养学了。

如果说能够让内心得到娱乐的是连衣裙和小首饰等装饰品的话，那么能够让内心得到成长的就一定是蕴含丰富营养和感情的美味料理了。

这两根梁柱，就是查尔和我们这群人的栖木。

为了让主人再回到这里的时候，能重新修整羽翼，我一定要努力守护好这根栖木。

终于，一股难以用语言形容的、令人垂涎的香味开始从蒸笼里向外溢出，飘满整个厨房。

从远处，依稀能够听到除夕夜的倒数钟声。

在等待着那个人的归期之中，MAKAN MALAM的一年也要结束了。

度过漫长的黑夜，新的一年终将会到来。

谢辞

在准备这本书的过程中，东明饭店厨师长温和荣先生等众多烹饪界的师傅给予了我非常珍贵的建议。借这个场合，衷心地表达我诚挚的谢意。

此外，在故事中如有和事实相悖的地方，都是笔者的责任。

主要参考文献

《美人食谱 养生膳食 粗粮篇》

卡农小林 / 洋泉社

《用养生膳食食谱来愉快地享受法式蔬菜料理》

柿木太郎、柿木友美 / 学阳书房

《我是如此成功应付的——关于食品的智囊袋》

公益财团法人 / 仙台人 · 市交流财团

《专业的娱乐 · 开胃前菜集锦 79家饭店的特色201道菜品》

柴田书店

图书在版编目（CIP）数据

二十三点的深夜咖啡店 /（日）古内一绘著；丁砾磊译．— 北京：中国友谊出版公司，2018.12
ISBN 978-7-5057-4397-7

Ⅰ．①二… Ⅱ．①古… ②丁… Ⅲ．①长篇小说—日本—现代 Ⅳ．① I313.45

中国版本图书馆 CIP 数据核字（2018）第 110815 号

著作权合同登记号　图字：01-2018-5267

书名　二十三点的深夜咖啡店
作者　〔日〕古内一绘
译者　丁砾磊
出版　中国友谊出版公司
发行　中国友谊出版公司
经销　新华书店
印刷　天津旭丰源印刷有限公司
规格　880 × 1230 毫米　32 开
8 印张　172 千字
版次　2018 年 12 月第 1 版
印次　2018 年 12 月第 1 次印刷
书号　ISBN 978-7-5057-4397-7
定价　42.00 元
地址　北京市朝阳区西坝河南里 17 号楼
邮编　100028
电话　（010）64668676

如发现图书质量问题，可联系调换。质量投诉电话：010-82069336